IRMÃOS WILD: LOGAN

Melissa Foster

Tradução: Andréia Barboza

Bilionários Irresistíveis

Irmãos Wild: Logan
Melissa Foster
Copyright de Wild Boys After Dark: Logan © 2015 by Melissa Foster.
Tradução: Andreia Barboza.
Capa: Elizabeth Mackey
Foto da capa por: Sara Eirew

Texto revisado segundo o novo Acordo Ortográfico da Língua Portuguesa.

Nota aos Leitores

Esses bilionários gostosos agem rápido, amam de forma apaixonada e se envolvem por completo. Se este é o seu primeiro romance de Melissa Foster, você tem toda uma série de mocinhos leais, sensuais e travessos de um jeito malicioso, e mocinhas sensuais e atrevidas para acompanhar em minha coleção de romances *Love in Bloom*. Os personagens de cada série fazem aparições em outros livros de *Love in Bloom*. Veja todos os meus livros no meu site.
www.MelissaFoster.com

Não deixe de se inscrever no meu boletim informativo para não perder nenhum lançamento!
www.MelissaFoster.com/BR-news

Capítulo um

DESPEDIDAS DE SOLTEIRO ERAM péssimas. Stella Krane não conseguia entender por que os homens precisavam usar o casamento como desculpa para ir a um bar, beber pra caramba, flertar com estranhas e falar sobre isso pelo resto de suas vidas. *Lembra quando...?* Era como um rito de passagem para empresários intimidadores. Homens *de verdade* faziam isso em um quarto de hotel, contratavam *strippers* e transavam com elas de uma maneira que suas lindas esposas nunca deixariam. Ela se encolheu com o pensamento. Não ia querer um homem que tivesse esse comportamento. Deus, o que estava acontecendo com ela?

Houve um tempo em que Stella sonhou em ser a linda esposa de alguém, mas isso foi antes de Carl Kutcher. Seu estômago revirou ao se lembrar de que ele sairia da prisão em quatro dias. O homem roubou todos os sonhos que ela já teve... e quem poderia saber quando ele roubaria sua vida. Não se apegava mais à fantasia de ter um marido amoroso, filhos e uma linda casa com cerca branca. Agora, estava feliz apenas por estar viva.

— Ei, meu bem, que tal adoçar um pouco a minha bebida? — um babaca bêbado perguntou, enquanto se inclinava sobre o bar. Ele estava no grupo da despedida de solteiro e tinha bebido muito nas últimas horas. Cinco caras usando alianças de casamento, que ficavam tentando apalpar as mulheres, dando em cima, olhando de soslaio, fazendo comentários obscenos e tentando ao máximo viver uma fantasia artificial.

Stella olhou para a aliança de casamento dele. Puta merda, precisava encontrar alguém para passar a noite... e não estava pensando em encontrar alguém *no* trabalho. Fazia muitos meses desde que foi para a cama com um cara e estava farta de ver todo mundo realizar suas fantasias obscenas. Ansiava pela sensação das mãos de um homem em sua bunda enquanto seu pênis a penetrava forte e profundamente, permitindo que seu cérebro escapasse da realidade por um tempo.

Não era o *tipo* de garota de uma noite sem compromisso, mas naquele momento, gostaria de ser. Sentia falta da sensação de um peito duro contra seu corpo e os sussurros profundos e maliciosos de um homem dizendo o quanto a queria. Nunca foi o tipo de garota ligada em sexo até Kutcher. Ele despertou um lado seu que ela não sabia que existia, um perigoso e rebelde, que a excitava de maneiras que nunca imaginou ser possível. Mas isso foi antes que as coisas ficassem complicadas e Kutcher mostrasse suas garras. *Cretino.* Se recusava a pensar nele como *Carl.* Agora, ele era apenas Kutcher. Aquele homem havia lhe ensinado muitas coisas, inclusive o fato de que indivíduos do sexo masculino eram péssimos. Eles mentiam, traiam e, às vezes... batiam muito nas mulheres.

Ela semicerrou os olhos verdes como os de um gato para o cara atraente de cabelos escuros diante de si e praticamente ronronou:

— Que tal eu te servir outra bebida e você ir para casa para transar com a boceta doce da sua esposa?

Boca aberta – sim. Olhos arregalados – sim. Ah, olhe, um bônus. O Sr. Quero Açúcar se afastou do bar.

Em alguns dias, ela se sentia como babá e prostituta ao

mesmo tempo. Trabalhar em um bar de Nova York podia não ser como administrar seu próprio negócio de design de interiores em Mystic, Connecticut, mas pelo menos, a mantinha viva. Sentia falta de sua cidade. A saudade do porto, da segurança da cidade pequena, de seus amigos era enorme. Acima de tudo, sentia falta da mãe, que estava lutando contra um câncer. Mas como tudo em sua vida, Stella teve que cortar todos os laços com ela para mantê-la a salvo de Kutcher.

Stella viveu em Mystic toda a sua vida. Até Kutcher. *Aquele filho da mãe.* Ele tinha fala mansa, corpo duro e, infelizmente, socos certeiros. Namorou com ele por apenas alguns meses antes que o homem mostrasse quem era. Sua possessividade não conhecia limites, e ela mal escapou com vida. Não, aqui podia não ser Mystic, e podia ter deixado tudo o que conhecia e amava para trás, mas pelo menos sobreviveu... mesmo que tivesse que passar o resto da vida fingindo ser alguém que não era.

Sentiu os olhos do homem no final do bar sobre si novamente. Ele não participava da despedida de solteiro, pelo menos isso era uma vantagem. O homem chegou há uma hora, pediu um uísque e *Coca-Cola*, e não moveu nada além dos penetrantes olhos azuis, que haviam monitorado cada movimento seu, desde então. Ele usava um paletó caro sobre uma camisa branca que estava aberta no colarinho, expondo uma faixa de pelos sensuais no peito. Perfeito para passar os dedos quando montasse nele.

Minha nossa.

O que Kutcher fez com ela? Como passou de uma boa garota comportada para uma fugitiva de mente sacana? Conheceu Carl Kutcher na festa de um de seus clientes de design de interiores. Ele era alto, moreno, com a barba aparada, olhos negros como a noite e uma confiança serena que lhe dava uma aura de importância. Stella descobriu tarde demais que havia dois lados no homem que parecia bom demais para ser verdade. Ele era como o mar: calmo e atraente em um minuto, zangado e sombrio no seguinte. Seu humor mudava com o vento e, quando isso acontecia, não deixava espaço para escapar.

Stella afastou os pensamentos de Kutcher e tentou se concentrar enquanto servia mais dois drinques, sentindo o calor do belo homem de olhos azuis focado em seus seios enquanto ela se inclinava para limpar o bar. Caramba, isso fez todo o seu corpo esquentar. Já havia passado por muito nos últimos meses, e sabia que não deveria deixar um homem intimidá-la, mas toda vez que tentava encontrar o olhar dele, não conseguia. Ele *era* intimidador, mas de um jeito excitante. Tudo nele, desde o cabelo escuro e espesso, as feições marcantes e bem definidas, até o olhar azul-bebê iridescente, emanava sexo, poder e intensidade. Até seu cheiro era almiscarado e sensual, como âmbar líquido. Ela gostaria de sentir o cheiro dele, deleitar-se com a sensação das mãos grandes em seus seios e seu corpo...

O que é que estou pensando?

Tinha certeza de que sua senhoria, a sra. Fairly, não ficaria feliz com uma transa à meia-noite em seu quarto no porão. Stella não era exatamente a mais quieta das amantes. Teve a sorte de encontrar um lugar para ficar onde pudesse pagar o aluguel em dinheiro e não precisasse fornecer o número de seguro social. Tinha que ficar indetectável, o que significava não ter cartões de crédito, cheques, nem usar o cartão da conta bancária no caixa eletrônico. Kutcher a rastreou em todos os lugares que ela foi, e esse foi o motivo pelo qual deixou Mystic e veio para a *Big Apple* desaparecer.

Até agora, estava tudo bem.

Uma grande mão pousou no bar, logo abaixo de seu peito, com os dedos abertos. Não havia aliança de casamento.

Pareciam macias e não tinham marcas, as unhas eram bem cuidadas. Mão de um homem rico, isso era certo. Seus olhos seguiram até um pulso grosso e masculino, pelo paletó esticado sobre os bíceps flexionados, até os olhos azuis penetrantes com os quais estava fantasiando. Sua respiração ficou presa na garganta com a intensidade do olhar. Ele segurou seu pulso com o dedo indicador e o polegar, atraindo seus olhos para baixo e fazendo seu coração entrar em pânico. Ela já passou por isso antes, contida por Kutcher, incapaz de se libertar.

Forçou sua mente a funcionar e soltou o braço, esfregando-o como se tivesse sido queimado.

— Desculpe, querida. Não queria assustá-la. — A voz profunda pareceu cobrir sua pele enquanto o olhar dele suavizava, permeando de uma maneira diferente. Não intenso e ameaçador, mas o tipo de olhar acalorado que parecia seguro e sedutor ao mesmo tempo.

Stella afastou seu medo inicial, tentando recobrar o equilíbrio. Não era uma garota retraída. Com um metro e sessenta e cinco, cinquenta e seis quilos, era curvilínea e firme, e até conhecer Kutcher, tinha autoconfiança para combinar com seu corpo forte. Agora, levou alguns minutos para recuperar essa confiança. Odiava que, mesmo depois de alguns meses, a memória de Kutcher ainda pudesse afetá-la.

— Apenas uma daquelas noites complicadas. — Com suas palavras, os olhos dele passaram de sedutores a avaliadores, as sobrancelhas escuras se arquearam, e ele ergueu a mão do bar e esfregou a barba sexy por fazer que cobria o queixo. Um leve sorriso curvou aqueles lábios carnudos enquanto ele olhava por cima do ombro para a barulhenta despedida de solteiro, então se virou e baixou a voz.

— Sim, posso ver que é. — Ele ergueu o copo. — Quando

você tiver tempo?

— Claro. — Ela percebeu um leve sotaque do meio-oeste, e o imaginou de calça jeans justa, botas de *cowboy* e um chapéu *Stetson*. Se virou para preparar a bebida, pensando no homem atrás de si, cujo olhar parecia queimar suas costas. Stella se perguntou o que ele fazia da vida, vestido assim e sozinho em um bar, em uma noite de sexta-feira. Um homem com olhos como os de Chris Pine, rosto como o de Channing Tatum e uma voz que parecia chocolate derretido, a fez querer lambê-lo da cabeça aos pés. Desacompanhado em uma noite de sexta-feira? *Gay*? Sem chance. Não com o jeito que ele a comeu com os olhos a noite toda. *Esquisito*? Provavelmente.

Com esse pensamento, ela se virou e empurrou a bebida para o outro lado do bar.

— Isso vai custar…

Ele colocou a mão sobre a dela, acabando com seu frio e fazendo seu corpo vibrar e tremer de medo em igual medida.

— Eu sei quanto é, querida. Obrigado.

Ela retirou a mão debaixo da dele, instantaneamente sentindo falta da conexão. Fazia muito tempo. Precisaria ter um encontro com seu *namorado à pilha* hoje à noite, para satisfazer o desejo que vinha ignorando desde que chegou na cidade.

Ele entregou uma nota de vinte a ela.

— Fique com o troco. Você é nova aqui. — Ele tomou um gole da bebida, mantendo os olhos fixos nela.

Ela colocou o dinheiro no caixa, tentando não pensar no homem por trás da generosa gorjeta. *Sim, certo.* Limpou o bar para dar a suas mãos algo para fazer além de querer tocar as dele novamente, e o olhou com cautela.

— Comecei há algumas semanas.

— Isso explica. Estive fora da cidade nas últimas semanas.

Onde você trabalhava antes?

Ela apoiou uma mão no bar, recuperando a confiança mais uma vez. Essa sensação ia e vinha ultimamente, e Stella ficou feliz quando conseguiu recuperá-la. Os olhos do cara cintilaram, sensuais, e uma onda de excitação a aqueceu. Também fazia muito tempo que não flertava de forma *apropriada*.

— Por aí — ela respondeu, brincando com ele.

Um cara loiro se inclinou sobre o ombro do bonitão do meio-oeste.

— Pode me servir outro gin tônica, por favor?

Ela pegou o copo dele e se virou para preparar o coquetel.

— Ela é tão gostosa — o loiro alto disse. Stella torceu para que não estivesse falando dela. Já tinha ouvido o suficiente sobre sua bunda, seus seios e sua boca por uma noite.

Entregou-lhe o copo e ele empurrou uma nota de dez no bar com uma piscadela. Uma gorjeta de cinquenta centavos. *Meu Deus.* Costumava ganhar um salário ótimo e agora estava vendendo bebidas em um bar em troca de amendoim.

O mantra familiar ecoou em sua cabeça como um disco quebrado, dando-lhe força e perspectiva.

Pelo menos estou viva.

Estou viva. Estou viva. Estou viva.

LOGAN WILD PODERIA observar a bartender atrevida a noite toda. Ele frequentava regularmente o *NightCaps*, o bar de seu amigo Dylan e seu lugar preferido depois de uma longa semana procurando cônjuges trapaceiros, estelionatários e ladrões. Não estava interessado em encontrar alguém para transar quando entrou no bar. Duas loiras com seios grandes satisfizeram esse desejo no início da semana, quando estava em Memphis trabalhando em um caso, mas agora estava reconsiderando seus planos para a noite. Havia algo na morena de língua afiada, lábios carnudos, que ele gostaria de ver em volta de seu pau grosso, e olhos que diziam *me coma* e *não me toque* ao mesmo tempo.

Ela se moveu em velocidade recorde enquanto a noite avançava, se esquivando de ofertas de aventuras sexuais com homens casados, sempre com uma resposta espertinha. Mas ela não era endurecida, não como a maioria das mulheres perspicazes da cidade de Nova York. A moça manteve a cabeça erguida, como se não fosse aceitar merda de ninguém. Mas assim que aqueles caras viravam costas, ele jurava tê-la visto exalar e seu corpo se tornar menos rígido, mais feminino. Não que ela não fosse feminina quando estava reagindo. Com um corpo feito para ser adorado, uma boca feita para beijar e mãos que seguravam um copo com segurança, a mulher era uma fina mistura de força e delicadeza.

Ele não sabia por que a estava avaliando tão intimamente. Em geral, Logan era o tipo de cara de só uma vez. Ele conhecia as mulheres, transava e ia embora. O padrão funcionou bem nos últimos trinta e dois anos, e ele não tinha pressa em mudá-lo. Viu muitos maridos que tiveram que contratar homens como ele alguns anos depois do casamento, para pegar suas esposas com o jardineiro ou o cara da empresa de entregas. Não acreditava em monogamia e não tinha interesse em ter uma mulher fixa.

Um dos idiotas bêbados da despedida de solteiro estava atrás dela novamente. Ele a ouviu descartá-lo mais cedo, mas o cara tinha bebido muito mais e estava inclinado sobre o bar, estendendo a mão para ela.

A moça deu um passo para trás, baixou o queixo adoravelmente pontudo e, como havia feito antes, ronronou outro fora eficaz.

— Tire as mãos, bonitão. Acho que a sua esposa não quer que você volte para casa com impressões digitais.

— Não é nos seus dedos que estou interessado. — Ele apoiou os dois antebraços no bar.

A moça jogou o pano de prato que estava usando para enxugar o bar por cima do ombro e se afastou. O idiota a seguiu enquanto ela se movia para o outro lado.

Logan sentou-se um pouco mais ereto, observando o cara o tempo todo. Anos como SEAL da Marinha o ensinaram a farejar problemas a quilômetros de distância, e esse cara era problema certo. Não gostou do olhar dele. Logan agarrou a borda do bar e colocou um pé no chão.

Ela chamou o bartender do outro lado do bar.

— JJ.

JJ olhou. Ela acenou com a cabeça para o lado.

Logan a tinha visto fazer isso antes, pouco antes de ir ao banheiro. Aparentemente, o idiota, que não estava interessado em seus dedos, também. As mãos de Logan se fecharam quando ele se levantou. Com um metro e oitenta e três, tinha uma visão clara do cara de cabelos escuros que ainda a observava com o canto do olho, enquanto ela se dirigia para as escadas que levavam ao banheiro. Sentiu uma mão forte em seu pulso e se virou, com os músculos tensos e prontos para uma luta.

Seu amigo, Dylan Bad, semicerrou os olhos escuros e se inclinou sobre o bar. De onde foi que ele veio? Os olhos de Logan se desviaram para a porta de vaivém do almoxarifado, ainda se movendo da entrada de Dylan.

— Cuidado com essa, Logan.

Ele não precisava, nem queria o aviso. Por um segundo, se perguntou se Dylan queria a bartender sexy para si, antes de lembrar que Dylan não se envolvia com quem trabalhava, o que significava que havia algo que ele sabia e Logan não. *Não por muito tempo.* Lidaria com isso mais tarde.

Logan retribuiu o mesmo olhar sombrio.

— Pode deixar. Está vendo o cara que a está seguindo? É melhor *ele* tomar cuidado *comigo*. — Ele estendeu o braço e o sacudiu. Como um cachorro com um osso, seguiu para as escadas que não estavam bem em seu campo de visão.

Logan seguiu através da multidão, empurrando os frequentadores de vinte e poucos anos reunidos na escada, passando por caras habilidosos com seus corpos pressionados contra mulheres seminuas e grupos conversando e bebendo. O banheiro feminino ficava à esquerda da escada, o masculino, à direita. A bartender atrevida e o idiota não estavam à vista. Um arrepio percorreu as costas de Logan. Ele abriu a porta do banheiro masculino e espiou lá dentro. O cara não estava lá. O pulso de Logan acelerou um pouco. Seus músculos se contraíram quando ele empurrou a porta do banheiro feminino e ouviu uma bronca das mulheres lá dentro enquanto examinava o espaço pequeno, voltando a ficar vazio. *Puta merda.*

Empurrou a multidão, seguindo pelo corredor estreito que levava ao beco atrás do bar. A placa de *saída de emergência* ainda estava solta. *Dylan filho da mãe.* O alarme estava desligado há um mês. Ele sabia que Dylan estava ocupado, mas no momento não se importava. Logan estava ficando irado quando empurrou a porta e ouviu apelos arrastados e abafados. Ele caminhou pelo beco escuro, seguindo os sons. Estava sobre eles antes que o branco dos olhos aterrorizados da bartender entrasse em foco.

Seu atacante a tinha prendido contra a parede. Uma mão estava na cintura, enquanto a outra segurava os ombros pressionados contra os tijolos.

O ódio queimava nas veias de Logan. Em um movimento rápido, agarrou o homem pela parte de trás dos ombros e o arrancou de cima dela.

Seu atacante se virou.

— O que...

Logan o jogou contra a parede de tijolos. Ele caiu no chão, mas se levantou rápido, vindo em sua direção com os braços para cima. Logan foi rápido, se esquivando com facilidade, e acertou um forte golpe de direita no queixo do cara, depois um de esquerda em seu estômago. As costas do cara bateram na parede de tijolos com um *baque*.

— Entre — Logan ordenou a bartender, enquanto agarrava os ombros do cara e o jogava no chão, pressionando o joelho contra o esterno.

O idiota tentou se levantar, mas Logan era muito poderoso, movido pela adrenalina e um passado cheio de muita morte. Ele prendeu os braços do homem no chão com os joelhos e ergueu o punho. Os olhos do cara estavam arregalados de medo. Sangue escorria de seu nariz e lábios. Logan viu os olhos dos homens que matou em suas missões SEAL e os do homem que matou seu pai.

Ele não estava salvando seu país e sabia que não havia como salvar seu pai.

Não valia a pena ir para a cadeia por esse idiota.

— Volte a este bar — Logan fervia — e nunca mais vai andar.

Capítulo dois

O CORPO DE STELLA TREMEU com tanta força que seus dentes batiam. Ouviu o cara que a atacou se afastar, mas ainda se sentia ameaçada. Não podia voltar para o bar, nem fazer mais que dar alguns poucos passos para longe de onde o cara a atacou. Tudo o que ela podia fazer era se lembrar de respirar. Tinha visto o rosto e os olhos ameaçadores de Kutcher, enquanto implorava para que o estranho parasse.

Sentiu uma mão em seu braço; pulou e gritou. Para seu constrangimento, se encolheu contra a parede de tijolos, com os braços pressionados perto do peito e as mãos protegendo o rosto, como se pudesse se tornar parte da parede.

— Shhh. Está tudo bem. Não sou o cara que te machucou.

O cara do bar com sotaque do meio-oeste. Ele era tão alto e forte, que a fez se encolher mais perto da parede.

Ele ergueu as mãos em sinal de rendição, ainda respirando com dificuldade pela luta.

— Não vou te machucar. Eu o vi te seguir.

Ele olhou por cima do ombro, dando a Stella um segundo para tentar processar o que acabara de acontecer. Ele a salvou. Arrancou o cara de cima dela e deu uma surra nele. *Homem de olhos azuis do bar. Você me salvou.* Isso se repetiu em sua cabeça várias vezes enquanto a moça tentava controlar seus sentidos e forçar seu cérebro a funcionar novamente.

— Ele se foi. Não vai mais te fazer mal. — Seu tom era confiante, e ela se agarrou a isso como uma tábua de salvação. — Você está machucada?

Ela não sabia, nem conseguia sentir qualquer parte de seu corpo. Balançou a cabeça, ou pelo menos pensou que sim. Devia ter feito isso, porque viu o alívio nas feições dele, o que diminuiu a tensão na mandíbula forte do homem.

— Vou te abraçar. — Não era uma pergunta. — Só para que saiba que está segura. Você está tremendo e provavelmente em estado de choque. — Ele a envolveu em seus braços fortes, e ela se arrepiou, incapaz de se mover. — Você está no controle. Eu paro se quiser, mas você está segura.

Segura. Não sabia se algum dia se sentiria assim novamente.

Ele a abraçou com mais firmeza, apoiando uma mão na parte de trás da cabeça dela e a outra em suas costas.

— Está tudo bem. Não vou deixar nada te acontecer. Pode me dizer para te soltar, que eu o farei.

Ela não sabia se queria que ele a soltasse. Queria acreditar que estava segura depois de ficar longe de todos que conhecia e se esconder por tanto tempo. Precisava de proteção, de alguém a quem recorrer, com quem conversar. Stella não sabia se eram as palavras dele, a confiança ou a maneira como seu corpo a envolvia em vez de consumi-la. Talvez tenha sido todas essas coisas que permitiu que as lágrimas finalmente escorressem por seu rosto depois de ter sido corajosa por meses, e suas mãos segurassem as lapelas do paletó dele, enquanto aceitava seu conforto.

— Eu sou Logan. Logan Wild. Tem certeza de que não está ferida?

Ele se inclinou um pouco para trás e ela o puxou para perto mais uma vez, com medo de que suas pernas não a sustentassem.

— Está tudo bem, linda. Não vou a lugar nenhum — ele assegurou enquanto a mantinha em seus braços. Ela encharcou o paletó caro com suas lágrimas. Meses de tristeza reprimida, provando sua força além do que jamais imaginou ser possível, a inundaram.

— Obrigada — foi tudo o que ela conseguiu dizer.

— Tem certeza de que não está ferida? Como você está se sentindo? — ele perguntou novamente.

Fazia meses que ninguém, além de seu novo chefe, Dylan Bad, se importava o suficiente para perguntar. Sua mãe teria perguntado se mantivesse contato com ela. Kutcher já havia ameaçado a mulher mais velha duas vezes, mas ela havia pedido uma ordem de restrição, o que pareceu ter convencido Kutcher de que a mãe dela não era mais uma opção para assédio, e ele voltou seu foco para Stella. A moça descobriu da maneira mais difícil que ele conhecia as pessoas. Pessoas más. Pessoas que poderiam rastrear telefonemas e descobrir onde ela estava.

Os ruídos da rua recomeçaram a ecoar em seus ouvidos enquanto a névoa diminuía e seus sentidos voltavam. Ela afrouxou o aperto em seu salvador, *Logan.*

— Acho que estou bem.

Ele observou seus olhos pelo que pareceu uma eternidade. Stella se perguntou se ele via a pessoa que costumava ser em algum lugar dentro dela. Ainda estava lá; sabia que estava. Em algum lugar enterrado sob o medo e a fadiga, abaixo da falsa bravata e do exterior duro que teve que projetar para sobreviver. Stella tinha a esperança de que um dia encontraria uma maneira de voltar a ser aquela pessoa. Mas, neste momento, tinha que entender esse homem que, uma hora atrás, ela achava que era muito perigoso para conversar. E agora? Agora não sabia o que pensar. Ele a salvou, a confortou, mas Kutcher também foi doce e carinhoso no início. O medo voltou à tona, forçando-a a se afastar de Logan.

Ele franziu o cenho. Stella deu um passo para trás e suas costas encontraram os tijolos mais uma vez. A moça estremeceu de dor. Parecia que *todos* os seus sentidos haviam retornado e, enquanto respirava fundo o ar frio da noite, sentiu dor na parte superior das costas, nos pulsos e na nuca. *Ótimo*. Era exatamente o que ela precisava.

— Você está ferida.

— Estou bem. Apenas abalada.

Os olhos dele identificaram a mentira com facilidade, enquanto a observava novamente, levando uma mão atrás de sua cabeça. Ela se esquivou de seu toque, movendo-se para a direita, o que provocou uma dor aguda em seu pescoço. Ela piscou para conter as lágrimas que ameaçavam enfraquecer sua determinação.

Logan ergueu as mãos novamente em sinal de rendição.

— Só queria ver se tem um galo na sua cabeça. Talvez eu deva te levar ao hospital. Você precisa prestar queixa disso à polícia.

Ela balançou a cabeça, esquecendo-se da dor. Estremeceu, e Logan estendeu a mão, mas a deixou cair em seguida, como se soubesse que ela iria se afastar. A polícia iria querer seu nome verdadeiro, e ela não queria correr nenhum risco. Não sabia como Kutcher a estava rastreando, mas ele sairia da prisão em quatro dias, e ela havia feito um bom trabalho nesses últimos meses vivendo longe de seu radar. De jeito nenhum o levaria até ela.

— Não. Nada de hospital. Nem polícia.

Ele semicerrou aqueles olhos compassivos e confiantes de novo, desta vez com irritação. Ele inclinou de leve a cabeça para a direita, mantendo os olhos fixos nela. Por um segundo seu olhar se tornou sombrio e perigoso, o olhar de um homem que tinha visto o lado feio da vida, e quando ele se virou para encará-la novamente, aquela obscuridade se iluminou e de alguma forma se transformou em compaixão. Stella não confiava em si mesma o suficiente para decifrar o que isso significava.

— Nada de hospital? Nem polícia? Por quê?

Seu salvador também precisava ser curioso? Ele não poderia ir embora agora que tinha cuidado da ameaça? Não queria que ele realmente partisse, mas também não queria ser levada para um hospital.

— Não tenho plano de saúde.

Ele pareceu aceitar isso… por um segundo.

— Na emergência vão te atender. Você precisa ser examinada.

— Estou bem. Sério. Olha…

— Logan.

— Logan. — Não queria afastar a única pessoa que a procurou, o homem que se colocou em perigo por ela, mas não tinha escolha. O cara que a manteve cativa não era nada perto de Kutcher.

— Não quero ir à emergência, nem hospital. Obrigada por me ajudar.

Seus ombros caíram um pouco com as palavras, com a realidade do que poderia ter acontecido se ele não tivesse vindo em seu socorro.

— Muito obrigada. — *Fique forte, forte, forte.* — Mas estou bem.

Ele deu um passo para trás e passou a mão pelo cabelo, colocou a outra no quadril e começou a andar. Sua camisa estava para fora da calça da luta, o paletó rasgado no ombro e, quando ele falou, seu tom suavizou, não como o sedutor que ele tinha sido no bar. Era como se tivesse mudado para o modo protetor. Como uma pessoa fazia isso? Sedutor em um minuto, salvador no próximo, seguido de perto com compaixão?

— Meu irmão é médico. Ele pode te examinar de graça. Me deixe pelo menos levá-la até lá. Lesão na cabeça nunca é uma coisa boa.

Ela negou, ainda sem vontade de ceder e ficar presa em um carro com ele.

— Eu nem te conheço.

— O que isso tem a ver... — Ele ergueu as mãos novamente. — Vou fazer com que ele venha aqui para te examinar.

O bar. Ah, Deus, meu trabalho. Seus olhos se desviaram depressa para a porta. Ela estava aqui há tanto tempo, que Dylan deve ter pensado que ela havia fugido.

Logan esfregou a mão no rosto e seu olhar suavizou.

— Olha... sou investigador particular. Conheço Dylan Bad, o dono do bar. Não vou te sequestrar.

Queria desesperadamente confiar nele. Precisava confiar em alguém. Era exaustivo ser forte o tempo todo. Ele a salvou. Estava se oferecendo para trazer o irmão *aqui* para examiná-la *e* conhecia Dylan?

— Tudo bem — ela cedeu.

O sorriso suavizou toda a tensão.

— Bom. Ótimo. Vou te levar para dentro e chamar meu irmão, Heath. Qual o seu nome?

Stella tinha o hábito de não revelar seu nome verdadeiro, exceto quando necessário. Dylan sabia disso sobre ela, já que perguntariam seu nome muitas vezes no bar. Pensou em dar seu nome verdadeiro a Logan. Depois de tudo que ele fez por ela, não lhe devia pelo menos isso?

Ele colocou um braço protetor ao redor de seus ombros, e ela se sentiu perturbada, se afastou e o olhou com cautela. Só porque ele a salvou não significava que era seu dono. Tinha ido longe demais para voltar atrás.

— Stormy. Meu nome é Stormy Knight.

Capítulo três

LOGAN NÃO SABIA o que fazer com Stormy Knight, mas uma coisa era certa: ela estava fugindo, ou pelo menos, se escondendo de algo... ou de alguém. A questão era: estava se escondendo por medo ou para fugir da justiça? O detetive dentro dele tinha suas teorias, e estava ansioso para fazer uma pequena investigação. Mas o homem nele tinha visto aquele lampejo de vulnerabilidade sob o exterior atrevido e forte que ela projetara no bar, e isso despertou todos os seus impulsos protetores e algo mais profundo que ele não conseguia identificar.

Ele não conseguia ficar parado. Mal conseguiu ficar preso no escritório nos fundos do bar tempo suficiente para explicar a Dylan o que havia acontecido. Aquela imagem voltou à sua cabeça e o fez pensar que precisava encontrar o idiota que atacou Stormy e garantir que ele nunca mais chegasse perto dela, ou de qualquer outra mulher.

— Aquele cara que você seguiu até o banheiro? — Os olhos escuros de Dylan ficaram ferozes. Logan o conhecia desde que eram crianças. Estudaram juntos, assim como seus irmãos. Com sobrenomes como *Wild* e *Bad*, que significavam *selvagem* e *mau*, estavam destinados a se tornar amigos rapidamente, e assim permaneceram ao longo dos anos.

— Sim. Você o conhece? — Logan andava de um lado para

o outro, com os olhos fixos em Stormy. Sua expressão era tensa e estava com os braços cruzados. Seu cabelo estava desgrenhado, os olhos frios e distantes, mas, além disso, não havia cicatrizes visíveis para revelar o ataque cruel que acabara de suportar. Ela se manteve altiva, com os ombros para trás e a mesma confiança que havia transmitido no início da noite, como se tivesse compartimentalizado o ataque e superado. Logan sabia que superar algo tão traumático só poderia ser tratado de forma tão eficiente apenas com a prática, e isso o incomodava muito.

— Não. Nunca o vi antes. — Dylan virou-se para Stormy. — Jesus, você está bem? Quanto tempo até o Heath chegar aqui?

— Estou, sim. E pronta para terminar meu turno — ela insistiu.

— De jeito nenhum. — Logan não teve tempo de suavizar o tom antes que as palavras escapassem. — O Heath vai chegar a qualquer momento.

— Estou bem, e você não é meu pai, pelo amor de Deus. Você me salvou, mas não é meu dono.

Touché.

— Não se trata de ser seu dono. É sobre o que você passou.

— Estou bem.

— Ei, pessoal. — Dylan estendeu as mãos entre eles. — Não vamos discutir sobre isso. Ele tem razão. Você não pode voltar ao trabalho depois de algo assim, e, Logan... — Ele ergueu as grossas sobrancelhas escuras. — Cara, quem manda aqui sou eu, não você.

Logan zombou, então fixou seu olhar em Dylan.

— Ela precisa denunciar isso à polícia.

— Não. Nada de polícia. — Stormy se virou e murmurou: — Jesus...

A mente investigativa de Logan ficou atenta. A moça não revelou nada, mas ele pretendia descobrir do que ela estava fugindo. Ele era bom em ganhar tempo. Tinha um peixe maior para pegar antes de deixá-la ainda mais desconfortável, pressionando-a para obter mais informações. Além disso, poderia desenterrar tanta informação quanto quisesse sobre ela quando chegasse a hora.

Dez minutos depois, Heath chegou. Logan saiu da sala para que seu irmão pudesse examinar Stormy em particular. Estava cuspindo fogo, procurando no bar até que seus olhos pousaram no grupo que estava lá para a despedida de solteiro. Seu peito queimava com raiva renovada. A adrenalina corria em suas veias enquanto ele abria caminho pela multidão. Colocou uma mão firmemente no ombro do noivo, e antes de guiá-lo para longe dos outros, se inclinou perto o suficiente para que apenas o cara pudesse ouvi-lo.

— Você vem comigo e, se disser uma palavra, vou me certificar de que nunca chegue a esse casamento. — O noivo bêbado abriu a boca, depois fechou. Logan o levou para o corredor de serviço na parte de trás do bar, agarrou-o pelo colarinho e o jogou contra a parede.

— O que foi, cara? Não fiz nada. — O homem ergueu as mãos.

Logan se sentiria mal por ele se não estivesse irado demais.

— Havia um cara com você. Alto, loiro, casado. Ele já foi embora, usava uma camisa preta de botão e calça jeans. Quem é ele?

O cara piscou várias vezes, franzindo o rosto em confusão.

— Mike?

Logan aumentou seu aperto, ouviu o tecido rasgar e falou com os dentes cerrados.

— Sobrenome. Local de trabalho. Agora.

— Ele… Mike Winters. Por quê? Mal conheço o cara. Ele é do trabalho. É novo no escritório. — Seus olhos dispararam pelo corredor.

— Onde fica? — Depois de conseguir o nome da empresa financeira onde Mike trabalhava, Logan soltou a camisa do rapaz e a alisou, então se inclinou para perto novamente. — Ele atacou uma amiga. Sugiro que fique longe dele e seja mais exigente com seus amigos — disse e voltou para o escritório.

Ele bateu na porta.

— É o Logan. Posso entrar? — Não queria entrar se Heath ainda estivesse examinando Stormy.

— Sim — Heath disse através da porta.

Aos trinta e quatro anos, Heath era o mais velho dos irmãos Wild, seguido por Logan, Jackson e Cooper. Parecia que seus pais tinham feito planos de ter um filho a cada dois anos. Eles eram muito próximos. Um assalto e ataque a casa da família, que matou seu pai e cegou sua mãe, os aproximou ainda mais nos últimos anos. Enquanto Heath olhava para Logan com uma expressão preocupada, o investigador afastou os pensamentos de seus pais. Não podia pensar nisso agora.

Observou Heath limpar os cortes na nuca de Stormy. A camisa social dele estava aberta no colarinho, as mangas arregaçadas. Heath tinha os característicos traços marcantes dos Wild e olhos azuis que lhes ajudavam a conquistar mais mulheres que eles poderiam desejar. E embora na adolescência seu comportamento rebelde ganhasse a atenção dos professores, os irmãos Wild cresceram e se tornaram homens de negócios respeitados.

Heath olhou para Logan, apertou os lábios e arqueou uma sobrancelha, dando um olhar ao irmão como quem perguntava *como você se meteu nessa confusão?*

Ele não se preocupou em responder com seu olhar gelado que o mandaria calar a boca e fixou o olhar dela. Estava grato por Heath estar lá, provando mais uma vez que viviam de acordo com a crença de seu pai. *Quando a família chamar, atenda.*

— Muito bem, acho que você vai viver. — Heath tirou as luvas de borracha e Stormy soltou um suspiro.

— Obrigada por ter vindo. Eu disse ao seu irmão que estava bem, mas…

Heath riu enquanto guardava seus suprimentos médicos na maleta de couro.

— Você não deve conhecer o Logan muito bem. Ele fez a coisa certa ao me chamar. Você está com uma laceração e tanto, além do galo na nuca, e esses arranhões nas costas já vão começar a doer.

Ela olhou de Logan para Heath.

— Posso lidar com algumas contusões. Quanto eu te devo?

Logan notou que ela estremeceu quando se levantou da cadeira e pegou a bolsa. Ele colocou uma mão gentil sobre a dela e balançou a cabeça.

— Pode deixar.

— Não me deve nada — Heath disse. — Qualquer amigo de Logan é…

— Paciente seu? — Ela sorriu.

Heath pegou a maleta médica e riu.

— Às vezes, sim. Sério, isso não é nada. É bom ver meu irmão e estou feliz que você esteja bem. Coloque gelo na cabeça por vinte minutos a cada hora, e, Logan, vigie-a para identificar qualquer sinal de concussão. Você já teve o suficiente para saber o que procurar.

— Concussão? — Stormy estendeu a mão e tocou o galo em sua cabeça, estremecendo novamente.

— Não acho que você vá ter, mas só sinto a necessidade de avisar. Você está em boas mãos com o Logan. Ele sabe que sintomas procurar.

Gostaria que ela estivesse em minhas mãos, mas tenho a sensação de que ela vai correr como o vento assim que você for embora.

— Bem, agora estou nas mãos do Dylan. Tenho que terminar meu turno. — Stormy alcançou a maçaneta.

Heath lançou um olhar curioso para Logan.

— O Dylan disse que você encerrou o trabalho por hoje — Logan a lembrou.

— Não é o Dylan quem precisa do dinheiro.

— Vou deixar vocês dois resolverem isso. — Heath abraçou Logan e deu-lhe um forte tapinha nas costas.

— Obrigado novamente, mano — Logan falou. — Te vejo no domingo?

— Sempre. — Heath tirou um cartão de visita da carteira e entregou a Stormy. — Me ligue se tiver algum problema e cuide desses cortes.

Stormy tentou segui-lo, mas Logan se colocou na frente dela, fechando a porta atrás de Heath.

— Você se importa? — Ela moveu a mandíbula de um lado para o outro.

— Não pode estar falando sério. Ouviu o que ele disse.

— E você ouviu o que *eu* disse. — Ela cruzou os braços novamente e estendeu a mão para a porta.

Deus Todo-Poderoso. Sério? O que havia nela que o fazia se importar? Ele tirou a carteira e pegou algumas notas.

— O que você está fazendo? — Ela deu um passo para trás, como se ele tivesse oferecido dinheiro a ela por sexo.

— Você precisa do dinheiro, e eu que você esteja segura e curada. Estou lhe dando seu pagamento. Me diga o valor.

— Você não pode me comprar. — Ela desviou o olhar, com o maxilar cerrado.

Ele queria tomá-la em seus braços e remover o véu de confiança que fazia seu corpo tremer e seus olhos brilharem. Não pôde deixar de estender a mão e alisar o cabelo emaranhado dela.

— Não estou interessado em te comprar. O que aconteceu esta noite não foi normal. Não estava tudo bem, e não é algo que você simplesmente chuta para debaixo do tapete e segue em frente.

Ela olhou para ele.

— Diz o homem que nunca teve que lutar por sua vida. — Medo e raiva cintilavam em seus olhos, tornando-os um tom mais escuro. Ele tinha certeza de que ela pretendia parecer durona, mas isso revelou suas vulnerabilidades subjacentes e o atingiu novamente.

Ele se aproximou, baixou a voz e não pôde evitar sair como um rosnado baixo, cheio de intensidade de memórias duras.

— Lutei pela minha vida todos os dias durante quatro anos.

Ela franziu o cenho, entreabriu os lábios, mas nenhuma palavra saiu.

— Acho que você deveria tirar a noite de folga e descansar por algumas horas. Vai ficar dolorida amanhã e…

— Eu não…

Ele colocou um dedo sobre os lábios dela para silenciá-la. Tortura. Pura tortura. Ele não sabia por que – atribuiu a uma noite estressante –, mas estava lutando forte contra o desejo de cobrir os lábios dela com os seus e torná-la *sua*.

— Não. Já vi coisas demais para você me dizer que não está

dolorida. Você *está* dolorida. Sua cabeça está latejando, as costas estão ardendo por causa desses arranhões profundos e longos. Seus músculos estão doendo e sua cabeça... Sua cabeça linda e forte estará exausta amanhã depois de assimilar, aceitar e tentar superar o que aquele homem *poderia – teria –* feito a você. Economize seu fôlego, querida.

Ele deu um passo para trás, dando-lhe espaço para tomar uma decisão.

— Mas tem razão. Não sou seu pai e certamente não sou seu dono. — Os olhos dele deslizaram para o ponto de pulsação em seu pescoço e lutou contra o desejo de se aconchegar nela. — Nem todos os caras são idiotas.

O ar deixou seus pulmões em uma onda de calor. Ela apertou os lábios, como se pretendesse pará-lo, e passou por ele... seguindo para terminar seu turno.

Capítulo quatro

MEU DEUS. SERÁ que tudo o que Logan Wild dizia tinha que transbordar sexo? Stella nunca conheceu ninguém mais masculino, mais viril. Ele não era agressivo de um jeito assustador, como Kutcher. Não, Logan era um tipo de força completamente diferente. Podia dizer pela confiança que ele possuía, as palavras que usava, a maneira como seus olhos azuis escureciam e se estreitaram e sua voz assumiu um tom gutural que, quando ele dava prazer a uma mulher, não apenas a tomava; ele a consumia.

Ela estava tremendo de raiva e medo, sua cabeça estava em um turbilhão de caos, e *ainda assim* ela ficou úmida quando ele se aproximou tanto que Stella pôde sentir seu cheiro e provar a bebida em seu hálito. Teve que sair correndo da sala para terminar o turno apenas para se lembrar de como respirar. Esteve a ponto de se jogar nele e transar com ele contra a porta, na mesa, curvada sobre a cadeira. Caramba, ela o queria… e se sentia uma vadia por desejá-lo depois do que acabara de acontecer.

Odiava se sentir assim por querer algo que outras pessoas faziam o tempo todo sem pensar duas vezes. Detestava Kutcher por deixá-la com medo. Puta merda. Sentia como se fosse explodir e o *Sr. Olhos Azuis* estava sentado no final do bar o tempo todo, observando-a como se ela fosse uma joia preciosa que ele tinha que proteger.

Não sou uma joia preciosa.

Sou forte. Sobrevivi por muito tempo sem ter um cara cuidando de mim. De jeito nenhum vou precisar disso agora.

Seu turno terminava à meia-noite. Olhou para o relógio. Em cinco minutos teria sobrevivido a mais um dia. Em cinco minutos estaria mais perto do momento em que Kutcher seria libertado da prisão. Em cinco minutos, quatro agora, teria mais três dias para viver sua vida antes de ser forçada a começar a olhar por cima do ombro novamente, porque ele apareceria. Ah, sim, não duvidava disso. Kutcher sempre aparecia. Cometeu um grande erro no último posto de gasolina em que parou e usou o cartão de crédito para comprar comida. Teve sorte quando ele foi preso por agredir o funcionário do posto, mas isso não diminuiu sua dor por saber que ele atacou aquele pobre homem porque estava procurando-a.

Ela estava vivendo em um tempo emprestado até que o leão fosse solto para perseguir sua presa.

Stella foi até o escritório dos fundos e pegou a bolsa. Dylan se afastou da mesa com um olhar irritado. Ele ficou chateado quando ela voltou ao trabalho, mas finalmente cedeu e permitiu que ela terminasse o turno.

— Stella, você quer carona para casa ou o Logan ainda está por aí?

— Ele está lá fora.

Ela morava a apenas alguns quarteirões de distância e estava acostumada a caminhar para casa com os sentidos aguçados, ouvindo passos que seguiam muito de perto, olhando para as vielas enquanto passava. Também odiava estar sempre alerta, mas embora Kutcher estivesse preso, o homem havia deixado um rastro de consciência que ela não conseguia ignorar. Por causa do ataque desta noite, temia a volta para casa ainda mais que o normal.

Não importava quantas vezes tivesse jogado duro, por dentro ainda era aquela garota de Connecticut que queria viver uma vida segura e confortável. Sendo que agora, queria viver com aquele lado mais sombrio que ele expôs, o lado que amava sexo intenso e a paixão visceral e animalesca. Isso a assustava tanto quanto a excitava. Sabia que não poderia ter os dois. Tinha visto o lado obscuro... e era sombrio demais. Mas um lado seu sabia que não era mais o tipo de garota que se contentava com um relacionamento inocente. Estava presa em algum meio-termo do qual não sabia nada, e isso a irritava só de pensar.

Kutcher filho da mãe.

Colocou a bolsa no ombro e estendeu a mão para a porta, hesitando por um instante sob o olhar fixo de Dylan. Ele era a única pessoa em sua nova vida que sabia sobre Kutcher e o que ela havia passado. Os dois se tornaram amigos nas últimas semanas. Ele ficou curioso quando ela pediu para receber o pagamento em dinheiro e, a princípio, recusou categoricamente, mas antes de ela sair do bar naquela noite, Dylan cedeu pelo fato de que ela era nova na cidade e precisava do dinheiro para pagar o aluguel do apartamento. Era mentira. Stella tinha dinheiro guardado desde quando se mudou, algo em torno de sete mil dólares. Mas precisava do emprego. Sete mil dólares não renderiam muito na cidade de Nova York.

— Aquele cara, o Logan? Você o conhece bem?

Dylan recostou-se na cadeira.

— Se você está me perguntando se ele é como seu ex, a resposta é não. Ele passou pelo inferno e voltou. É um bom homem. Pode confiar.

Ela concordou, se sentindo um pouco mais à vontade.

O bar fechava às duas e ainda havia uma multidão de clientes por lá. A confiança, que Stella usava como escudo enquanto estava atrás da segurança do bar diminuiu ao seguir para frente. Logan estava de pé e ao seu lado em segundos, com um braço na parte inferior das suas costas e olhando ao redor de forma protetora.

— O que você está fazendo? — Ela manteve os olhos fixos na porta.

— Me certificando de que você chegue bem em casa.

Quando ele abriu a porta, ela passou e continuou andando. O que ele estava fazendo? Perseguindo-a? Ele caminhou ao seu lado, recolocando a mão na parte inferior de suas costas. Stella ansiava por isso e temia ao mesmo tempo. Não podia se dar ao luxo de ser estúpida, como tinha sido quando foi ao banheiro. Deveria ter gritado, dado uma joelhada nas bolas daquele cara, feito algo diferente de entrar em pânico e bater as mãos nele.

Ela parou e se desvencilhou de Logan.

— Eu deveria deixar você me seguir até em casa? — Ela cruzou os braços, criando uma barreira entre eles. Os olhos dele cintilaram e o canto de seus lábios se curvou em um meio sorriso. Ele era muito bonito para seu próprio bem. Stella apostava que sua aparência o levava para a cama de muitas mulheres.

Ela poderia ser a próxima nessa lista.

Pare com isso!

— Eu te levaria para casa, mas você deixou claro que não vai entrar no carro de um estranho. Pensei em chamar um táxi, mas tenho a sensação de que você não é o tipo de mulher que aceita esmolas e, como terminou seu turno porque precisava do dinheiro, duvido que queira gastar com táxi. — Ele deu de ombros. — Sou investigador particular, não estuprador. Aquele cara que te atacou ainda está por aí, e quero ter certeza de que você chegará em casa em segurança.

Estava tão exausta por tentar superar o que havia acontecido e pelo fato de que Kutcher sairia da prisão, que não pensou no que poderia acontecer a seguir com o idiota que a atacou. Não era de se admirar que Logan tivesse desviado os olhos. O orgulho não a deixaria aceitar sua oferta. Não era uma donzela em perigo, nem queria parecer uma. Nem mesmo para o belo investigador que queria protegê-la. Era possível que isso fosse um jogo para ele. *Sou homem, grande e protetor; agora venha para cama comigo.*

O pensamento a fez sorrir, porque ela gostaria de fazer exatamente isso.

Ela se virou e se afastou sem dizer uma palavra, sabendo muito bem que ele a seguiria. O que também a fez sorrir, embora cerrasse os dentes para não revelar.

Os longos quarteirões da cidade nunca eram realmente escuros, embora fossem estranhamente fracos em iluminação. Até as ruelas pareciam iluminadas pela energia da cidade. As árvores estavam em plena floração e, por um momento, Stella se permitiu fingir que estava de volta a Mystic, caminhando para seu apartamento pelas ruas bonitas, sem medo, sem um guarda-costas sexy cuja presença parecia muito maior quando eram apenas os dois.

A jovem se deleitava com as lembranças de caminhar pelo porto e queria muito poder voltar para sua cidade natal e se sentir segura novamente. Não sabia se queria morar lá, mas ser capaz de ver sua mãe sem olhar por cima do ombro seria um presente dos céus. Não conseguia imaginar ter isso de novo.

Stella nem conseguia imaginar voltar viva para Mystic depois que Kutcher fosse libertado da prisão. Ele era o epítome de abusador: excessivamente elogioso e manipulador. Como todas as outras mulheres que têm a mente manipulada e ficam com agressores, ela caiu em seus estratagemas e o aceitou de volta depois das primeiras agressões, mas quando terminou as coisas, ele se tornou o pior tipo de perseguidor, aparecendo do nada e atacando-a. Se Kutcher não podia tê-la, também não queria que ninguém mais a tivesse.

A jovem descobriu tarde demais que ele estava na festa onde o conheceu porque estava vendendo drogas para um dos convidados ricos. Não tinha percebido o quanto ele estava envolvido com tráfico até que cometeu o erro de dizer a ele que sabia sobre sua operação. Foi quando ele parou de deixar hematomas e passou a querer vê-la morta.

Quando viraram na rua onde morava, Stella sentiu Logan se aproximar, a tensão envolvendo-o como uma bolha; ele parecia concentrado e poderoso. A moça não morava em um bom bairro. Enquanto contornavam a última esquina e seguiam pela calçada deserta, os sons de carros e pessoas deram lugar a um silêncio sinistro, com um cachorro qualquer latindo ao longe. Estava plenamente consciente do momento em que se livrou da falsa segurança que a vida noturna da cidade oferecia e sua armadura se encaixou no lugar. Sabia que bastava uma noite como esta, onde no meio de um bar lotado, o mal poderia escolher um alvo e fazer seu movimento, e ninguém saberia.

Ela deu um olhar para Logan, que estava com a mandíbula cerrada, olhos semicerrados e minuciosos, punhos prontos.

Ninguém além de Logan Wild.

— É aqui — ela declarou quando chegaram ao beco que levava aos fundos da casa geminada onde alugava um quarto. Deu um passo em direção ao beco, e ele segurou seu braço com gentileza, dando um passo à frente, sem deixar espaço para negociação. Ele estava abrindo caminho. Garantindo sua chegada segura.

Stella nunca conheceu ninguém como Logan antes. Até os caras com quem cresceu, aqueles que a conheciam desde que era adolescente e disseram que estariam ao seu lado para ajudá-la quando souberam o que Kutcher estava fazendo, a abandonaram. O medo era uma coisa poderosa. Eles agiram como se a má sorte fosse contagiosa. Seus amigos colocaram espaço entre eles nos últimos dias antes de ela deixar a cidade.

Apenas aquele pobre homem que trabalhava no posto de gasolina onde parou e usou seu cartão de crédito para comprar comida tentou enfrentar Kutcher. Ela soube no noticiário que ele foi parar no hospital. A vantagem foi que Kutcher ficou preso por alguns meses; a desvantagem era que o pobre atendente passou semanas se recuperando de costelas quebradas e lacerações. Ainda carregava aquela culpa. Nem conseguiu agradecê-lo porque temia fazer contato e dar a Kutcher uma nova pista para seguir.

Destrancou a porta e Logan colocou um braço na sua frente, bloqueando seu caminho.

— Vou verificar primeiro.

Ela revirou os olhos com a insistência dele, mas não podia negar o alívio de saber que outra pessoa suportaria os primeiros segundos do *e se* em vez dela. Aquele pânico constante que aumentava todas as noites quando voltava para casa e pisava pela primeira vez em seu apartamento no porão.

— Fique à vontade. — Tentou soar como se não se importasse, mas prendeu a respiração quando ele entrou no apartamento e acendeu as luzes.

Logan não parecia ter o mesmo medo que fez seus amigos se dispersarem de sua vida. Como devia ser tão autoconfiante? Ela o seguiu até a pequena cozinha e o observou contornar a mesinha e duas cadeiras e abrir a despensa. A cozinha não era maior que os banheiros da maioria das pessoas, mas era funcional e ela não precisava de extravagância.

Logan olhou para ela, forçou um sorriso, mas Stella podia ver que ele estava em modo de proteção. Seus olhos estavam semicerrados e sérios, e seus ombros se elevaram com a tensão. Ele seguiu com passos medido, lembrando-a de uma pantera, furtiva e poderosa, se movendo pelo pequeno corredor, depois checou o banheiro e o armário da lavanderia na parede oposta. Verificou de forma metódica todos os cantos do apartamento.

Ela se aproximou quando ele entrou no quarto. Sem porta para separar os dois, ele tinha uma visão clara da cama de casal, cômoda e as roupas penduradas no armário. Quando fugiu de Mystic, ela pegou apenas o que podia carregar sem ajuda. Tudo o que precisava coube em uma mala e duas mochilas. Stella se preocupava em ter roupas suficientes para qualquer trabalho que arranjasse, mas rapidamente percebeu que não eram roupas, sapatos ou outros itens materiais que precisava para passar cada dia. Ela descobriu que força e determinação eram as únicas coisas de que precisava para sobreviver.

O que Stella mais sentia falta era ouvir a risada da mãe, ver a felicidade em seus olhos quando a filha entrava pela porta para visitá-la e o modo como a mulher mais velha baixava a voz quando falava sobre algo que achava engraçado ou interessante. Deus, ela sentia muita saudade. Olhou para a foto da mãe na mesa de cabeceira, a única coisa material que possuía com a qual realmente se importava.

— Acho que está tudo bem. — As mangas da camisa dele estavam arregaçadas até os cotovelos, expondo antebraços musculosos com uma camada de pelos escuros. Os botões de cima ainda estavam abertos e a bainha para fora da calça. A luta havia adicionado manchas de sujeira na camisa e bagunçado seu cabelo, tornando-o ainda mais devastadoramente bonito.

Se tivesse conhecido o homem sedutor que Logan era antes de Kutcher, Stella poderia ter tentado flertar com ele. Não teria pensado em seduzi-lo, porque antes de seu relacionamento com o abusador, ela era uma boa garota, e seus modos sedutores incluíam pouco mais que olhares furtivos. Kutcher arruinou isso para ela. Ele a arruinou. Pensar em todas as maneiras pelas quais aquele homem a mudou e nas coisas que ele roubou dela a deixou com raiva.

Deu um passo mais perto de Logan, pensando em quando ele entrou no bar pela primeira vez. Seus olhos se fixaram nos dela, incitando medo, depois desejo.

— Obrigada. Não há muitos lugares para se esconder aqui. — Ela desviou os olhos para a cama, sentiu as bochechas corarem com o desejo de ser tocada, e se afastou de Logan. Não deveria estar pensando em se deitar na cama com ele, sentindo-o se mover dentro dela, mas não era normal que uma garota pensasse isso perto de um homem como ele? Até que se lembrou de Kutcher, que afastou os pensamentos mais normais, deixando culpa e medo.

— Ei, você está bem? — Ele se aproximou por trás dela, tão perto que esbarraria nele se ela se movesse. Mãos quentes tocaram seus braços, e ela fechou os olhos, lutando contra as imagens de Kutcher fazendo exatamente a mesma coisa, depois empurrando-a contra a parede. Em um instante, a raiva cresceu dentro da moça mais uma vez.

Logan passou a mão pelo braço dela quando ele deu a volta e a encarou.

— Todo o seu corpo ficou rígido. Eu te machuquei?

Enquanto Stella balançava a cabeça, percebeu que enquanto fantasiava sobre Logan, sua dor havia diminuído.

— Não.

— Por que você se encolheu?

Ele estava tão perto que ela viu cada fio da barba por fazer em seu queixo.

— Eu te assustei? — A voz dele pareceu deslizar por sua pele, deixando-a acalorada.

— Não. Você não me assustou. Estou apenas brava. — Não sabia de onde veio a confissão, mas abriu uma porta dentro de si, o que deixou sua respiração mais rápida, mais forte. Os olhos dele eram sedutores e ela os queria focados nos seus, enquanto Logan estivesse enterrado profundamente dentro dela, tirando sua dor e medo, e enchendo-a de prazer.

— Estou farta de ter medo. — Ela se virou para se distrair da luxúria que crescia em seu ventre. — Estou cansada de medir cada pensamento. Cada movimento.

— Stormy... — Ele se aproximou por trás dela novamente. O ar ao redor deles ardeu com o calor. — Esse não é o seu nome verdadeiro, nós dois sabemos disso.

Ela deu um passo para trás, meio que esperando que Logan agarrasse seu braço e a girasse, do jeito que Kutcher teria feito. Mas ele não o fez. Ele a prendeu com um olhar empático a alguns metros de distância, e Stella sentiu sua armadura começar a rachar.

Tinha acabado de ser atacada. Deveria estar com *mais* medo, com receio de sair de debaixo de toda aquela armadura e se soltar, mas sentia exatamente o oposto. Estava doente e cansada do peso da fuga. Queria recuperar sua vida, seu corpo, sua mente.

Era impotente para impedir que a verdade escapasse.

— Quero andar na rua sem o coração acelerado e os nervos à flor da pele. — Ela balançou os braços enquanto andava, respirando como se não houvesse oxigênio suficiente no quarto. — Não consigo nem usar meu nome verdadeiro. Quero poder ir para casa e visitar minha mãe sem me preocupar que um psicopata vá me atacar e me matar.

— Por que você não pode fazer essas coisas? — O tom de Logan era terno, mas sério.

Ela escarneceu e diminuiu a distância entre eles, atraída pelo olhar carinhoso e a maneira como as mãos dele se abriram e a alcançaram.

— Tudo que eu quero é ser uma garota normal. — Stella deu um passo para trás, lutando contra seus desejos. Ele deu um passo mais perto. Seu peito subia e descia com cada respiração raivosa, quase roçando a dele. Queria aquele contato, queria sentir seus seios pressionados contra o peito forte de Logan.

— Sabe qual é a pior parte de tudo isso?

— Me diga por que você não pode fazer essas coisas e eu descobrirei a pior parte. — Os olhos dele ficaram quase negros quando passou as mãos pelos braços dela mais uma vez, provocando um arrepio em sua espinha.

— *Argh*! — Stella tentou se afastar, mas ele a segurou com pouco mais que um toque das pontas dos dedos. Ela não queria fugir.

— Me diga. Vou te ajudar. — Ele estava falando sério.

— Você não pode ajudar. Ninguém pode. Nunca mais terei uma vida normal. Nunca mais poderei fazer nenhuma dessas coisas, andar na rua sem medo ou transar com um cara qualquer que eu deseje, sem me preocupar em ser morta.

Os olhos dele procuraram os dela.

— Não vou te matar. Mas estou disposto a ajudar com

todas essas coisas e, vamos transar com tanta intensidade que você não irá conseguir se lembrar do seu nome.

A potente virilidade fazia o quarto parecer menor, mais quente. O corpo dela tremia e os olhos se encheram de lágrimas, o que só a irritou ainda mais. Ela ergueu o queixo em desafio.

— É isso que você quer, Stormy? Quer que eu te tome aqui? Abra bem suas pernas, lamba sua boceta até você gozar várias vezes, para depois enfiar meu pau duro dentro de você e te comer até você se esquecer do resto do mundo? Porque eu te prometo, Stormy Knight, você não apenas se esquecerá como pensar, mas ficará tão dolorida amanhã que, cada passo que der irá te lembrar de mim te preenchendo tão completamente que você vai desejar mais.

Os olhos dele se desviaram de seu rosto, para o pescoço e seios, avaliando-a com cautela e um pontada enlouquecedora de arrogância que fez seu desejo aumentar. Ela já estava molhada de desejo e, quando ele segurou seu seio e roçou o polegar sobre o mamilo eriçado, ela perdeu qualquer senso de certo e errado e cedeu às chamas que ardia entre eles.

— Ah, sim...

Saiu em um longo suspiro, que ele capturou em sua boca enquanto cobria os lábios dela com os seus, penetrando a língua profunda e duramente enquanto a reivindicava. As mãos dele estavam pegando fogo quando rasgou a camisa dela e a jogou no chão. Stella estava pronta, tão ansiosa que mal podia esperar para ver os músculos que a salvaram, que haviam espreitado protetoramente seu apartamento.

Ela agarrou os dois lados da camisa dele e a rasgou com toda a força. Os botões caíram ao redor. Logan riu, uma risada gutural e lasciva, enquanto deixava uma trilha de beijos abaixo de seu pescoço e roçou os dentes sobre sua clavícula e apertou o comprimento duro contra ela. A jovem cedeu à necessidade enterrada por meses e se atrapalhou com os botões da calça jeans enquanto ele arrancava o sutiã de seu corpo e levava um de seus seios à boca. Esquecida da calça, ela entrelaçou os dedos no cabelo dele, segurando-o enquanto ele chupava, lambia e torturava seu mamilo duro, enviando uma antecipação aquecida entre suas pernas.

— Ah, caramba, Logan. Faz tanto tempo.

Uma mão forte a acariciou através da calça jeans. Stella inclinou a cabeça para trás com a deliciosa fricção, enquanto ele acariciava sua boceta e chupava seu seio, deixando-a louca. Mais. Ela precisava de mais. Estava tão molhada, tão perto de gozar. Puxou a calça jeans, precisando tirá-la. Logan fez um trabalho rápido para despi-la.

Ele se ajoelhou e estendeu as mãos nas coxas dela, mas antes olhou para ela.

— Puta merda, você é linda. Tem certeza? Não estou forçando, não estou...

— Sim. Sim. Caramba, sim.

Ela empurrou os quadris para frente, e ele obedeceu com vigor. A língua talentosa girou e a acariciou enquanto os dedos dele esfregavam seu clitóris com precisão mortal. Ela tinha se esquecido de como era bom se perder no prazer. Ondas de êxtase a envolveram, zombando dela. O orgasmo ainda estava fora de alcance. Ele tomou o clitóris entre os dentes, e ela gritou.

— Vou parar.

Ele era cuidadoso demais.

— Não! Eu quero. — Ela ofegou para respirar. — Me come, Logan. O que quer que eu diga, está tudo bem. Eu quero isso. Quero você.

— Palavra segura. Vermelho.

Ele ia transar de verdade? Não era como se a estivesse amarrando e chicoteando.

— *Não* preciso de uma palavra segura.

— *Eu* preciso. Você foi atacada esta noite. Preciso saber que você tem o poder de me impedir. Se ouvir essa palavra, vou parar. Essa é a minha promessa a você.

Ela o encarou com um olhar sedutor para que ele não a entendesse mal.

— Obrigada, escoteiro. Agora, por favor, me coma como você nunca comeu ninguém antes.

Ele enfiou os dedos profundamente dentro dela, e Stella fechou os olhos, se deleitando com a dor e o prazer deliciosos quando os dentes de Logan encontraram o sensível feixe de nervos novamente. O desejo fez com que seu interior procurasse mais enquanto ele acariciava, chupava e lambia, transformando seu corpo inteiro em calor líquido, fazendo-o doer e queimar.

Sentiu seu sexo inchar, desejando mais, assim como ele havia prometido. Ela fechou os olhos com força. Fazia tanto tempo que não sentia essas sensações avassaladoras que seu corpo queria permanecer no estado elevado, para se deleitar com ele. Logan fez algo incrível com a língua, e seu corpo se rendeu ao desejo.

Ele se demorou sobre seu sexo inchado, lambendo, tomando, mantendo-a no auge até que um gemido torturado escapou de seus lábios. Ele se ergueu e capturou os gritos em sua boca. Ele a provou, agridoce, enquanto tomava sua boca, e em seguida a ergueu a carregou para a cama, onde a devorou, aprofundando o beijo como se estivesse memorizando a curva de cada dente. Suas línguas encontraram um ritmo intenso e necessitado quando Logan empurrou o pau contra ela, e o tecido áspero da calça a fez cambalear para o clímax mais uma vez.

Ela abriu e empurrou a calça de Logan, precisando dele dentro de si. Ele se despiu depressa e Stella viu que o corpo dele era uma obra de arte. Carne dura e musculosa estava diante dela. Ombros largos levavam a uma cintura estreita, e um abdômen pecaminosamente sexy terminava em um pau grosso e duro, onde uma gota de líquido pré-ejaculatório brilhava na ponta. Ela lambeu os lábios e se moveu para a beirada da cama, envolvendo os dedos ao redor do comprimento grosso. Ele tinha um pau lindo, com uma cabeça bonita, grossa e redonda, em perfeita proporção com o eixo duro e liso.

Lambeu a umidade da ponta, provocando um gemido inebriante. Os dedos dele se fecharam em seu cabelo quando ela girou a língua sobre a cabeça, então o tomou profundamente. Stella o acariciou forte e rápido. As coxas dele estavam flexionadas e ele empurrou os quadris para frente. A moça o puxou devagar e lambeu a base, em seguida se concentrou nas bolas tensas, ganhando um grunhido que veio do fundo de sua garganta.

— Chupe meu pau — ele falou.

Ela o tomou de novo, acariciando-o com movimentos firmes. A cabeça do pau encontrou a parte de trás de sua garganta várias vezes.

— É isso. Cacete, isso é bom.

Ele guiou seus esforços, agarrando o cabelo dela enquanto movia os quadris mais rápido. Logan ficou impossivelmente maior, e ela sabia que ele estava perto de gozar. Ela se apressou, querendo dar prazer a ele.

— Pare. Vou gozar e quero estar dentro de você.

Ela puxou-o lentamente, embalando suas bolas e fazendo com que ele inclinasse a cabeça para trás novamente. Torturar Logan a fez se sentir fortalecida, e quando ele voltou a olhar para ela, com os olhos quase negros, Stella se sentiu mais desejada que nunca.

— Você pode gozar mais de uma vez? — *Por favor, me diga que pode.*

— Você pode me fazer gozar mais de uma vez?

Ela adorava um desafio. Nunca teve um, até que Kutcher a levou para além de sua zona de conforto. Afastou os pensamentos dele, não querendo permitir que ele arruinasse mais sua noite.

— Toque-se enquanto eu fodo com a sua boca, linda. Quero ver você gozar comigo.

Que tipo de habilidade era necessária para dizer *linda* e *foder sua boca* ao mesmo tempo e fazer parecer que seus braços grandes e fortes estavam em volta dela enquanto a olhava nos olhos? Era como ser comida, mas se sentir amada, e Stella nunca sentiu nada parecido, nem queria que acabasse. Enfiou a mão entre as pernas e, por um momento, teve que fechar os olhos contra as sensações avassaladoras. Precisava gozar, dessa libertação, da liberdade de viver com medo a cada minuto do dia e, faltando apenas quatro dias para Kutcher sair da prisão, não perderia um segundo desse presente que havia dado a si mesma. Desta vez com Logan.

Ele segurou a parte de trás de sua cabeça e guiou sua boca ao redor dele, movendo os quadris para frente enquanto ela se acariciava. Ele preencheu sua boca tão completamente que ela mal conseguia respirar, aumentando seu prazer. A tensão a envolveu. Os músculos de suas costas flexionaram quando o orgasmo envolveu seu corpo como uma cobra, até que enfim a reivindicou, pulsando forte e rápido assim que Logan gemeu e enfiou seu pau mais fundo, jorrando sêmen quente e salgado em sua garganta. Ele segurou a cabeça de Stella enquanto estocava e ela o ordenhou até secar, inclinando a cabeça para frente com uma exalação alta.

Ele abriu os olhos no momento em que ela lambeu os lábios.

LOGAN AJOELHOU-SE DIANTE de Stormy, com as mãos nos joelhos dela, e olhou profundamente em seus olhos. Esteve com mulheres suficientes para saber que ela estava usando o sexo como fuga, assim como ele fez por tantos anos. Ser membro da equipe SEAL de elite da Marinha dos Estados Unidos exigia toda a sua concentração e dedicação, porque Logan não acreditava em ser apenas bom em nada. Ele acreditava em ser o melhor em tudo o que fazia. Isso não era apenas em sua profissão. Se espalhava para seus relacionamentos, sexo e até amizades. É por isso que ele nunca se estabeleceu com apenas uma mulher. Nunca conheceu ninguém para quem queria ser o melhor, e quando olhou nos olhos de Stormy e viu o alívio nublar, endurecendo as belas feições, sentiu algo em seu peito se abrir.

Ele a envolveu em seus braços e a abraçou, beijou sua bochecha e sussurrou:

— Você é incrível, mas eu só quero abraçá-la. — *Abraçá-la? Que merda era essa?*

Foi a vulnerabilidade dela que levou suas emoções a um lugar onde nunca estiveram. A moça estava se esforçando muito para ser forte, para ser o que ela sentia que precisava ser. Ele queria saber o que ou quem colocou tanto medo nesta linda mulher.

Seu corpo estava rígido contra ele, mas Logan não estava

disposto a soltá-la. Não podia permitir que ela voltasse para aquela armadura de aço em que se mantinha presa. Ele desceu na cama e a puxou para cima com ele, com o joelho entre as coxas dela, os braços ao redor do corpo dela para que ele pudesse sentir seu batimento cardíaco errático contra si.

— Do que quer que você esteja fugindo, não vamos pensar nisso agora. Deixe isso de lado. Por esta noite, você está segura. — Ele sentiu tensão, fadiga e tanta emoção indesejada reprimida que queria dar um tempo a ela. Uma noite de paz, assim como ele e seus irmãos se revezavam tentando dar à mãe todas as noites da semana. A sensação de segurança, de saber que ninguém jamais a machucaria novamente. Quando sua mãe foi atacada e seu pai morto, a vida de Logan mudou. Ele estava protegendo seu país quando o ataque aconteceu, quando deveria estar em casa, cuidando das pessoas que mais amava.

— Me come, Logan. Faça isso para que nós dois fiquemos satisfeitos. Depois disso você pode voltar para sua vida. Apenas me dê uma noite. — Suas palavras eram duras, mas cheias de necessidade, como se ela estivesse desafiando a si mesma e a ele.

— Eu vou, baby. Apenas fique comigo um minuto. Relaxe um pouco. — Ele não sabia o que estava acontecendo dentro de si, mas pela primeira vez não queria uma transa rápida. Sabia que no minuto em que saísse por aquela porta, Stormy consumiria seus pensamentos. Ele se preocuparia com ela. Como não poderia?

Ela riu contra seu peito.

— Relaxar? Isso não vai acontecer, então me coma ou vá embora.

Ele se afastou então e procurou seus olhos.

— Você realmente quer que eu vá embora?

— Não. Quero você dentro de mim para que eu possa me

esquecer da minha vida por mais alguns minutos.

— Baby, posso durar mais que alguns minutos, mas que tal primeiro eu te abraçar até você perceber que pode confiar em mim? Não curto muito transar com pessoas que não confiam em mim.

— Sério? Você gozou na minha boca com bastante facilidade.

Ela o pegou.

— *Touché*. O que você tem contra relaxar?

— Quando você relaxa, coisas ruins podem acontecer. — Ela se afastou e ele a puxou para mais perto novamente, afastou o cabelo dela do rosto e beijou sua testa.

— Não enquanto eu estiver por perto.

— E aí? Você quer que eu relaxe e depois transe com você? Ele deu de ombros.

— Claro. Ou relaxe e não transe. Como quiser.

Ela inclinou a cabeça para o lado, e ele se perguntou quantos homens a machucaram, quantos a trataram como merda. Ela tocou a cicatriz arredondada no lado direito do peito dele com a ponta do dedo, e traçou a fina linha branca que seguia por sua costela até a seguinte, como se estivesse ligando os pontos.

— O que aconteceu? — Ela olhou para cima. A moça franziu o cenho, e ele podia ver que ela estava suavizando para ele novamente.

Ele deu de ombros.

— Eu só conto isso em casos de extrema necessidade, mas estou disposto a trocar uma resposta por outra.

Ele não gostava de falar sobre suas cicatrizes, nem sobre seu tempo com os SEALs. Isso o lembrava muito do homem que ele perdeu enquanto estava fora. Seu pai tentou tanto convencê-lo a não se tornar um SEAL. *É perigoso. Você é inteligente demais para passar a vida levando tiros. Fique em casa, meu rapaz.* Mas Logan tinha algo a provar, embora nunca soubesse a quem, a não ser a si mesmo. Ele ganhou a Estrela de Prata, o Coração Púrpura, a Faixa de Ação de Combate e mais alguns prêmios, mas nada compensaria lutar pela vida de outra pessoa enquanto seus pais lutavam pela própria. Ele não se arrependia de ter protegido seu país, mas lamentava não estar por perto quando sua família mais precisou dele, e jurou que nunca mais colocaria ninguém acima daqueles que amava.

— Tudo bem — ela sussurrou. — Você primeiro. Como conseguiu essa cicatriz? — Ela pressionou os lábios na cicatriz em seu peito.

— Ferimento de bala. Eu era SEAL da Marinha. Foi em uma missão noturna. Peguei quatro caras. Eles tiveram sorte de levar só um tiro. Então matei mais dois. — Ele a observou processar a informação. Seus olhos se desviaram para a cicatriz e ela passou o dedo de leve sobre ela.

— Você sentiu medo?

Ele nem sabia que havia levado um tiro até perder tanto sangue que não conseguia mais puxar o gatilho da arma. Estava no meio do combate. A adrenalina embotou sua capacidade de sentir dor e aumentou sua capacidade de desempenho.

— Só de não ver minha família de novo. — Ele nunca havia admitido isso para ninguém e, quando as palavras saíram, um nó se formou em sua garganta. — De quem você está fugindo? — ele perguntou para se distrair da lembrança dolorosa.

Ela balançou a cabeça, fechou os olhos.

— Tudo bem. — Ele suavizou a voz, entendendo o quanto as feridas dela eram profundas. — Você está fugindo da lei ou para salvar sua vida?

Ela se deitou de costas e olhou para o teto. Ele observou a

pele do pescoço dela se esticar enquanto ela engolia em seco.

— *Pela* minha vida. — As palavras saíram em um sussurro.

Um sussurro que o cortou como uma faca.

Logan estava deitado de lado. Passou o joelho sobre suas coxas e o braço esquerdo ao redor de sua cabeça, então se inclinou para perto de modo que o corpo dele cobrisse sua lateral esquerda, em seguida, levou a mão à sua bochecha, segurando seu rosto contra o peito dele. Não disse nada a princípio. Queria que ela se sentisse segura.

Sua mãe não quis compartilhar seu medo com os filhos após o ataque que a deixou cega. Tarde da noite, Logan insistiu de forma incansável para saber a verdade, enchendo-a de perguntas, e quando ela finalmente lhe contou como sentiu apavorada para pedir ajuda e que seu pai se levantou da cama e atacou o ladrão sem medo... e o estranho atirou nele duas vezes no peito, depois espancou-a com selvageria, deixando-a cega e mal respirando, ele viu o medo voltar correndo. Isso foi há três anos, e Logan sabia que, embora essa sensação tivesse diminuído, nunca desapareceria totalmente.

— Por quê? — ele finalmente perguntou.

— Fiz uma má escolha de namorado.

— O que ele fez com você?

Logan sentiu a umidade em seus dedos e olhou para as lágrimas que escorriam de seus olhos. Ele as afastou com o polegar e pressionou os lábios na testa dela. Vê-la assim fez seu peito ficar apertado e dolorido. Era um sentimento desconhecido, mas em algum lugar no fundo de sua mente se lembrava de ter se sentido assim quando a mãe confidenciou a ele. A raiva nascida da lembrança das lágrimas da mãe começou a substituir a dor.

— Sua vez — ela sussurrou enquanto acariciava a bochecha dele.

A voz de Stormy o trouxe de volta da memória.

A mão dela era macia e quente, e seu toque era terno quando ela passou um dedo pelo seu queixo, do pescoço até o peito, hesitando por alguns segundos na cicatriz sobre o lado direito. Ela seguiu a fina cicatriz branca que mapeava um caminho para a segunda parte inferior da pele danificada.

— E essa? Você conseguiu quando ainda era SEAL?

Ele abriu a boca para mentir, mas nenhuma palavra saiu. Ele geralmente era bom em evitar perguntas íntimas. Quando as mulheres perguntavam sobre suas cicatrizes, ele dava de ombros e dizia: *A vida é uma merda. Às vezes deixa cicatrizes.* Não queria seguir por essa linha com Stormy. Ela estava compartilhando seus segredos, e ele se sentiu compelido a compartilhar os dele.

— Não — admitiu.

Ela pressionou a palma da mão na cicatriz e sustentou o olhar dele.

— Como, então?

Sua respiração ficou mais pesada como quando a noite em que ele rastreou o agressor de seus pais passou como um filme de terror em sua cabeça. Queria fugir da memória, do aperto em seu peito. Queria se esquecer da maneira como tiveram que erguê-lo do corpo flácido do homem enquanto ele o esmurrava e sangue escorria do ferimento a bala em seu estômago.

Ele olhou para Stormy e viu as paredes que os separavam apenas momentos atrás baixas, e ele queria entrar.

— Tirando um cara mau do caminho.

— Você levou um tiro? — Ela se aproximou, como se pensasse que ele precisava ser consolado mais do que ela.

— Sim. — Ele tentou acariciar as linhas de tensão de sua bochecha, mas quanto mais os olhos dela o examinavam, mais pronunciadas se tornavam.

— Você sentiu medo?

Ele baixou a cabeça entre os ombros e fechou os olhos por um instante.

— Apavorado. — A admissão fez parecer como se uma tonelada tivesse caído em seus ombros.

— De morrer? — ela sussurrou.

— Não. — Ele ergueu os olhos para ela. — De morrer antes de matá-lo.

Ela olhou para ele por um longo tempo, e o ar entre eles não esquentou com paixão do jeito que estava desde que se conheceram, mas mudou. Naqueles poucos segundos, Logan sentiu seu mundo se inclinar, suas respostas os unindo. Quando ela levantou a cabeça e o beijou, ele a deixou controlar a intensidade, puxando-a para mais perto, desejando mais, mas não querendo fazê-la sentir mais medo do que já sentia.

Stella o beijou com ternura, dando beijos suaves em seu lábio inferior. Ele fechou os olhos e se deitou de costas, querendo, precisando ser tocado. Ela levou as mãos às bochechas dele e inclinou os lábios, aprofundando o beijo, até parecer sua salvação. Ela o beijou com avidez, e ele correspondeu a seus esforços, como se cada um pudesse fornecer redenção ao outro. Ele de seu passado, ela para um futuro.

Logan não conseguiu se conter. Queria reivindicar essa redenção, reivindicá-la como sua. Em um movimento rápido, a colocou debaixo de seu corpo e abriu suas pernas com os joelhos, com a ponta da ereção pressionada contra sua carne inchada e molhada.

— Preservativo — ele murmurou contra seus lábios.

— Estou tomando pílula.

Ele sabia que deveria estar preocupado com DSTs, mas não estava. Pela primeira vez, o sexo parecia mais que apenas uma liberação, e ele queria sentir cada pedacinho de seu calor aveludado. Queria possuir a mulher que o beijou como se fosse seu... e, caramba, ele queria ser.

Mas precisava que ela tivesse paz de espírito.

— Estou saudável, Stormy. Faço exames rigorosamente a cada trinta dias.

— Me come, Logan.

Isso o deixou paralisado, e ele recuou, prendendo-a no colchão apenas com os olhos.

— Não.

Os olhos dela brilharam com decepção. Desapontamento. Nem medo, nem aborrecimento. Ele sabia que isso era diferente para ela também.

— Quero fazer amor com você.

Ela ficou boquiaberta e, por um momento, ele pensou que tinha feito besteira, interpretado mal.

— Sim — ela sussurrou. Ela pressionou a parte de trás de seus quadris, guiando seu pênis latejante para dentro dela.

Ele a penetrou até que estava enterrado ao máximo. Os lábios dela se curvaram em um sorriso e, pela primeira vez, seu sorriso alcançou os olhos. O peito de Logan ficou apertado com aquele olhar, um tipo diferente, que não era de raiva ou arrependimento, e nunca mais queria perder esse sentimento. Ele selou seus lábios sobre os dela enquanto se moviam em perfeita sincronia.

Seus quadris se encontraram em impulsos profundos e lentos. Ele não estava com pressa para alcançar o clímax. Logan beijou seu queixo e pescoço, colocou os dentes sobre seu ombro e o mordeu, ganhando um gemido sexy. Ela arqueou os quadris do colchão. Ele entrelaçou seus dedos aos dela, segurando suas mãos ao lado de sua cabeça para que pudesse olhar em seus olhos enquanto seu corpo recebia o comprimento duro dele várias vezes. Seu corpo se arqueou para ele. As curvas suaves se moldaram à sua força. O calor de sua carne macia era intoxicante.

— Logan… — Um sussurro inebriante.

— Estou te machucando?

Ela balançou a cabeça e mordiscou o lábio inferior.

— Você é incrível. Tão grande. Tão bom. — Seus olhos se encheram de luxúria, surpresa e beleza insondável. — Eu vou…

Com o próximo impulso, ela fechou os olhos. Suas pernas flexionaram e as unhas cravaram nas costas dele.

— Isso, linda. Goze para mim. Goze para nós.

Seus olhos se abriram e ele viu confusão em seu olhar. Ele estava confuso também, mas sentiu algo e não iria ignorar. Não sabia se algum dia sentiria isso de novo.

Ele a beijou, movendo os quadris em um movimento circular, acariciando todos os nervos que a mantinham no auge do clímax, até que Stella afastou a boca com a necessidade de ar. Vê-la no calor do êxtase, com os lábios entreabertos, olhos fechados e o cabelo espalhado ao seu redor era demais.

Uma fina camada de suor entre os seios dela encontrou o peito dele quando Logan a penetrou mais fundo. Ele estava perdido no calor que pulsava ao redor de seu pênis, enquanto eles gozavam juntos, se agarrando onde quer que pudessem se segurar.

As pernas dela se prenderam ao redor de sua cintura, enquanto ela gemia em sua boca, se apertando ao seu redor, sem vontade de libertá-lo. Não que ele quisesse. De jeito nenhum. Estava exatamente onde queria estar, enterrado profundamente dentro da mulher que finalmente o fez sentir novamente.

Capítulo cinco

LOGAN PAROU em frente à casa da mãe nas primeiras horas da manhã. Não gostava de pensar na tragédia de sua família, mas, às vezes, isso era tudo o que podia fazer. As memórias surgiam em momentos estranhos e, ontem à noite, Stormy despertou lembranças que o fizeram querer voltar e viver partes de sua vida novamente.

Se ao menos estivesse por perto quando seus pais foram atacados. Ele salvou a vida de uma mulher e três crianças enquanto estava em uma missão naquele fim de semana no Afeganistão. Lembrou-se dos olhos arregalados do menino de sete anos e dos gritos das irmãs de dois e três anos, que se aconchegavam em seu corpo frágil. Ele gritou com Logan em sua língua nativa, virando as costas para ele e protegendo as irmãzinhas, pronto para protegê-las com sua vida – aos sete anos – enquanto sua mãe sangrava a meio metro de distância.

Naquele momento, enquanto Logan fechava a sala da melhor maneira que podia e depois voltava para eliminar os membros restantes do Taliban que haviam invadido a vila de Pushkin, sentiu que estava fazendo a coisa certa. Ele estava salvando vidas, protegendo seu país. O que ele não soube até mais tarde foi que, enquanto salvava estranhos, seu pai estava morrendo em uma poça de sangue no chão do quarto. Baleado ao tentar proteger a esposa de um ladrão.

Enfiou as mãos nos bolsos e abaixou a cabeça. Quando deixou Stormy, foi para casa, tomou banho e tentou dormir, mas o sono não veio. Não conseguia se livrar do medo que ouviu na voz dela, ou como a moça soou parecida com sua própria mãe quando ela finalmente contou para ele o que aconteceu naquela noite terrível.

Ele caminhou pelo perímetro da velha casa em estilo bangalô. A mãe se recusou a se mudar após o ataque, o que deixou a ele e seus irmãos quase loucos. Eles cresceram na pequena casa de dois andares. O quarto dos pais ficava no primeiro andar, nos fundos da casa. Logan e Heath tinham compartilhado um quarto no topo da escada. Usavam beliche, assim como Jackson e Cooper, no sótão. Isso era tudo o que cabia no pequeno espaço. Havia um armário, enquanto Jackson e Coop guardavam suas roupas em uma pequena cômoda no sótão. Eles tiveram anos de boas lembranças naquela velha casa, que agora haviam sido ofuscadas por uma noite terrível.

Logan verificou as fechaduras das janelas enquanto dava a volta até a porta dos fundos. A velha escada que conduzia à entrada rangeu, e ele esperava que a mãe e sua audição supersônica não acordassem com o barulho. Checou a fechadura daquela porta e espiou dentro da cozinha. Mesmo cega, a mãe conseguia manter a casa impecável, como se tivesse passado os trinta anos que viveu lá antes de perder a visão memorizando cada bancada, cada corredor, cada canto e recanto do lugar.

Uma luz se acendeu no corredor e ele soube que a tinha acordado. Droga. Ela ainda acendia as luzes quando acordava, por força do hábito a essa altura. Não queria assustá-la. Esperou até que ela saísse do quarto usando seu antigo roupão para chamá-la e destrancar a porta. Ele se preocupava em não assustá-la, mas Mary Lou Wild tinha um sexto sentido quando se tratava de seus filhos. Ela sentia a presença de cada um deles antes que se anunciassem. Logan apostaria que ela sabia que era ele quem estava parado na varanda antes de ela se levantar, mas não queria correr nenhum risco.

— É o Logan, mãe. — Ele observou um sorriso se formar em seus lábios. Passou a mão pela parede enquanto se dirigia para a cozinha. Logan destrancou a porta e entrou.

— Logan. — Ela nunca deixava de parecer feliz ao vê-lo, mesmo às cinco e meia da manhã.

Ele a abraçou e beijou sua bochecha.

— Sinto muito por acordá-la. Eu só estava... — Ele deu de ombros, sabendo que ela não podia ver, mas também sabendo que de alguma forma ela sentiria. Pelo que ela disse a Logan, sentiu que algo ameaçador se aproximava e comentou com o marido que se sentia desconfortável, embora não soubesse por quê. Horas depois, quando acordou sobressaltada e encontrou um homem entrando em seu quarto, foi que ela entendeu a apreensão anterior.

Seu suspiro acordou o marido, Bill, e ele pulou da cama como um verdadeiro herói, pronto para enfrentar o que quer que tenha assustado a mulher que ele adorava. E ele a amou intensamente, cada minuto de cada dia. A família não tinha muito dinheiro enquanto os meninos estavam crescendo. Mary Lou tinha ficado em casa, cuidando deles e trabalhando como costureira da lavanderia da rua para ganhar uma renda extra, e Bill era funcionário de uma fábrica. Mas Logan e seus irmãos nunca sentiram falta de nada. Eles tiveram pais amorosos, que exigiam que eles fossem bem na escola e guardavam cada centavo para ajudar a pagar a faculdade.

Seu pai perdeu a vida pela decisão egoísta de algum idiota de roubar sua casa. Ele fugiu com uma caixinha de joias, incluindo o anel de família do pai, um velho DVD player, televisão, algumas peças de prata... e o coração e alma de sua família. A vida do pai de Logan.

Logan nunca se esqueceria de que seu pai havia dado tudo pelos filhos. Ele só desejava ter estado presente para dar tudo de si por seu pai em troca. Mas estava compensando isso agora. Ele e seus irmãos se revezavam cuidando da mãe, indo até a casa dela todos os dias para garantir que ela tivesse mantimentos, ajudá-la nas refeições, cuidar do gramado e levá-la aonde ela precisasse ou quisesse ir. E aos domingos, todos se reuniam para jantar em família. Tudo o que faziam era por amor aos pais, não por pena. Exceto por Logan, cujo amor era coroado com culpa.

— Querido, o que está fazendo aqui tão cedo? Você está bem? — Ela passou os dedos pelo rosto dele e Logan prendeu a respiração. Sua mãe saberia em segundos exatamente em que estava pensando. Não havia como se esconder dela. A mulher poderia não ser capaz de ver, mas seus dedos tinham algum tipo de sensor de emoção. Eles não perdiam nada.

— Você está tenso. — Ela estendeu a mão ao lado do corpo até sentir uma cadeira e puxou-a para fora da mesa. — Sente-se, amor. Vou fazer um chá para você.

— Mãe, não precisa. — Ele não tentou impedi-la porque sabia que não adiantaria. Ela distribuía amor por meio de chá e conversas, sempre foi assim. E naquele momento, talvez ele precisasse de um pouco de conforto mais do que gostaria de admitir.

Ela estalou a língua.

— Sente-se, meu filho. — Ela se moveu com familiaridade do ambiente, tirando canecas dos armários e colocando a chaleira no fogão. Ela deve ter ouvido Logan caminhar para a despensa para pegar o chá, e acenou para ele. — Deixe comigo.

Por favor, baby, sente-se.

Ele sorriu enquanto se afundava em uma cadeira de madeira. *Querido, baby, amor.* A mãe raramente usava seus nomes de batismo. Ele havia desistido de alegar não era um bebê há muito tempo. Ele e seus irmãos sabiam que para ela, não importava seu tamanho ou idade, ela sempre os mimaria como se fossem crianças.

Mary Lou colocou o chá na mesa e se acomodou em uma cadeira ao lado dele com um suspiro.

— Sinto muito por ter te acordado, mãe. Eu só estava verificando as coisas.

— Logan, querido, não precisa fazer isso o tempo todo. Aquilo foi uma coisa louca que aconteceu uma vez. Estou bem. Deus sabe que você e seus irmãos garantem isso todos os dias. — Ela deu um tapinha em seu cabelo escuro. Ela sempre foi bonita e, embora parecesse ter envelhecido dez anos desde a morte de seu pai, continuava bela. As linhas finas ao redor dos olhos denunciavam sua idade, ou talvez sua perda, mas a tez morena e seus olhos, que antes eram azuis e agora fossem cinza ardósia, lhe davam um aspecto mediterrâneo. Embora Mary Lou estivesse tão longe de ser uma mulher do Mediterrâneo quanto possível. Seus pais se conheceram quando a mãe ainda morava em Weston, no Colorado, onde ela cresceu no rancho da família. Seu pai havia crescido em Trusty, não muito longe de Weston. Ele trabalhou como caminhoneiro e parou no restaurante onde Mary Lou estava sentada sozinha no balcão, esperando que uma amiga a encontrasse para almoçar. Ele passou os meses seguintes cortejando-a. Sete meses depois de se conhecerem, se casaram e se mudaram para Nova York, onde foi oferecido a Bill um cargo mais estável sem viagens. A mãe de Logan sempre dizia que ele tinha um pouco do charme de seu pai.

Ele tomou um gole de chá.

— Como você está, mãe? O Heath vem hoje à noite para levá-la ao mercado.

— Sim, o Heath é um bom menino. Ele me contou sobre sua amiga.

— Contou?

— Você conhece o Heath. Ele gosta de me deixar informada. Ele disse que viu algo na maneira como você olhava para ela.

— A mulher mais velha ergueu os olhos para ele, e mesmo sabendo que ela não podia vê-lo, Logan sentiu como se ela visse através dele. Nunca foi capaz de mentir para ela, nem quando criança, quando mentir o salvaria de ficar de castigo, e nem como adulto, quando poderia salvá-lo de um ou dois sermões.

Na verdade, nunca foi capaz de contar a ela uma mentira descarada. O que ele nunca disse a mãe foi que havia matado o homem que a atacou e matou seu pai, apenas contou que ela estava segura e que o cara havia sido cuidado. Se ela tivesse perguntado se ele o matou, Logan teria respondido com sinceridade, mas ela nunca o fez.

Ele localizou o cretino usando contatos que fez como investigador particular e o seguiu até que teve a chance de pegá-lo. Logan o encontrou vigiando uma casa e o denunciou à polícia, mas os policiais não fizeram o que deveriam. Eles não chegaram a tempo. O grito da mulher o atraiu para dentro da casa com um objetivo em mente: garantir que aquele idiota nunca mais machucasse outra pessoa. Ele completou aquela missão com uma mistura de orgulho, culpa e remorso, e aquela estranha bagagem permaneceu como uma companhia constante desde então.

Ele afastou esses pensamentos quando a mão da mãe cobriu a sua.

— Amor, o que houve? Você parece em conflito.

— Como você faz isso, mãe? Como sabe o que está na minha cabeça? — ele a perguntou isso uma centena de vezes antes e sabia que perguntaria mais uma centena, porque a não resposta era sempre a mesma.

— Eu sou sua mãe. As mães sabem dessas coisas.

Ele levou a mão dela aos lábios e deu um beijo suave.

— Eu te amo mãe.

— Eu também te amo, meu filho, mas você está evitando minha pergunta.

Ele riu e tomou um gole do chá.

— Você nunca me deixou escapar facilmente.

— Que bem isso teria feito? Nesta família temos sentimentos, Logan, e me parece que faz muito tempo que você não sentiu nada mais profundo por uma mulher.

Logan se mexeu desconfortavelmente em seu assento.

— Ela está fugindo de um cara.

— Ah, Logan. — Ela apertou os lábios e balançou a cabeça. — E isso deixa seu coração apertado. Você é um salvador por natureza, querido. É por isso que você discutiu tanto com seu pai para se juntar à marinha. Você sempre precisou salvar alguém. Ele tinha muito orgulho de você.

Os olhos de Logan se encheram de lágrimas enquanto a culpa se instalava pesada e dura como chumbo em seu estômago. Houve um tempo em que não teria acreditado que seu pai tinha orgulho dele pela maneira como discutiram sobre seu desejo de ingressar nas forças armadas. Mas em seu coração, e agora a um mundo de distância de sua juventude rebelde, Logan entendia que o pai não queria correr o risco de perdê-lo. Ele sabia agora que seu pai sempre se orgulhara dele.

— Tenha cuidado, Logan. — A mãe o chamou pelo nome

várias vezes, o que significava que ela queria que ele a ouvisse com atenção. — Algumas mulheres são ímãs para problemas. Elas prosperam no drama, nunca realmente procurando uma fuga, mas se colocando em perigo. Tem aquela fantasia de donzelas em perigo e tudo mais. Enquanto outras se encontram em uma situação ruim e fazem tudo ao seu alcance para se livrar do pesadelo. A segunda opção é o tipo de mulher que é digna do seu amor.

— Não estou falando de amor, mãe.

— Hum-humm. — Ela tomou um gole de chá com um aceno suave.

Ele odiava quando ela fazia isso, agia como se estivesse ouvindo o que ele dizia, mas sabia melhor.

— Mãe, sério.

Ela deu um tapinha na mão dele novamente.

— Tudo bem, meu amor. Para onde você vai tão cedo?

Ele apertou a mandíbula. Estava indo **conversar** com o cara que atacou Stormy na noite passada, Mike Winters, para garantir que ele nunca mais chegaria perto dela ou do *NightCaps* novamente. Havia feito uma busca rápida sobre o cara quando chegou em casa. Casado, dois filhos, a esposa era dona de casa. Uma pequena ameaça de exposição devia cortar o mal pela raiz. Mas não iria sobrecarregar a mãe com esse assunto. No minuto em que descobrisse que estava protegendo Stormy, ela diria que ele já estava muito envolvido.

Talvez estivesse, mas não precisava admitir.

— Trabalhar.

Ela ergueu as sobrancelhas daquele jeito *aham* que ela fazia.

— Certo, bem, tome cuidado no trabalho e lembre-se do que eu disse. Metal para ímã é perigoso.

Logan sempre se sentia mais leve depois de ver a mãe, e hoje não foi diferente, embora quanto mais perto chegasse de seu destino, mais pesado o ar se tornava.

Dirigir pelas ruas de Nova York era um pouco como andar de carrinho bate-bate em um parque de diversões. Era como se as pistas tivessem deixado de existir e não havia lugar para a cortesia comum. Era uma aventura de cada um por si, e esta manhã não foi diferente. Logan encontrou o escritório de Mike Winters e estacionou na garagem. Verificou a gola da camisa branca no espelho retrovisor, passou os dedos pelos cabelos e enfiou o chapéu *Stetson* do pai na cabeça. Ele pareceria um amigo de fora da cidade vindo conversar com Mike. *Não uma ameaça. De forma alguma era uma ameaça.*

O elevador estava lotado de banqueiros de olhos cansados segurando canecas fumegantes de cafeína e pastas escuras, olhando para uma loira sexy em um vestido vermelho. O mundo dos negócios era curioso para Logan. Parecia estar cheio de aspirantes. *Aspirantes a solteiro, a rico, a estar em qualquer outro lugar, menos aqui.* Logan nunca passou por isso, exceto quando recebeu a notícia do ataque a seus pais. Um roubo que deu errado, foi assim que o descreveram. A polícia não conseguiu rastrear o assassino de seu pai. Logan teve que fazer tudo sozinho.

Ele seguiu dois executivos para fora do elevador e olhou para a morena atrás do grande e curvo balcão da recepção onde se lia METRO FINANCIAL na frente em grandes letras azuis.

— Oi, meu bem. — O sotaque do meio-oeste aparecia na voz de Logan quando ele precisava. Embora não fosse de lá, ele e os irmãos se hospedaram e trabalharam no rancho de um amigo de seus pais, Hal Braden, em Weston, todos os verões, desde que eram crianças até irem para a faculdade. Seu pai insistia que trabalhar em uma fazenda por algumas semanas a cada ano fortaleceria o caráter dos garotos. Logan gostava do trabalho e ainda mais da amizade com Hal e seus seis filhos.

— Oi. Posso ajudar? — A bela recepcionista observou as feições bem-marcadas de Logan até seu peito largo.

Ele se inclinou mais perto e baixou a voz.

— Estou aqui para ver um velho amigo, Mike Winters.

Ela digitou algo em seu computador e piscou os cílios grossos para ele.

— E seu nome é?

— Prefiro não ser anunciado, se você não se importa. — Ele baixou a voz novamente e aprofundou seu melhor sotaque de menino do interior. — Somos velhos colegas de faculdade e gostaria de fazer uma surpresa para ele, se você não se importar. Claro, se uma mulher bonita como você quiser meu nome e número, bem... — Ele piscou para garantir.

— Eu... Hum...

— Ora, ora. Você fica sexy quando está nervosa.

Ela piscou novamente e apontou para as portas duplas de vidro à direita.

— Você pode... hum... encontrar o sr. Winters por ali, segunda porta à direita.

— Obrigado, meu bem. — Logan tirou o chapéu com um aceno de cabeça e foi em busca do sr. Winters.

Os escritórios internos foram organizados com um plano aberto, com vidro revestindo as paredes externas e cubículos preenchendo o espaço restante. Logan encontrou o nome de Mike Winters em uma placa ao lado da segunda porta.

Ele observou o homem através do vidro enquanto ele atendia um telefonema. Seu cabelo estava bem penteado, o terno bem passado. Para um estranho, ele pareceria um homem de negócios bem-apessoado. Mas Logan tinha visto o lobo por trás da máscara, e quando empurrou a porta de vidro e Mike ergueu os olhos, ele contou os segundos até o reconhecimento. Os olhos do homem se arregalaram e o sangue sumiu de seu rosto. Ele se levantou de seu assento de couro macio, dando um passo para trás com o telefone no ouvido.

— Eu... eu tenho que ir. Te ligo de volta. — Ele se atrapalhou ao colocar o fone no gancho e ergueu as mãos. Ia precisar de mais do que isso se essa conversa não fosse bem. — O que você quer?

— Sente-se — Logan ordenou, tendo perdido todos os vestígios da hospitalidade do meio-oeste.

Mike ficou imóvel. Aparentemente, ele queria fazer isso da maneira mais difícil.

Logan deu dois passos determinados ao lado de sua mesa e Mike afundou na cadeira.

— Desculpe. Eu estou...

— Cale a porra da sua boca.

Mike a fechou.

— Agora... — Logan começou a falar com uma voz calma e um olhar ameaçador enquanto se sentava no canto da mesa. Para quem olhasse pela parede de vidro, pareceria um velho amigo, exatamente como planejara. — É assim que vamos jogar este jogo. Visitei sua casa esta manhã em Garden Lane. Vi sua bela esposa loira e as adoráveis garotinhas de cabelo claro.

Mike tensionou a mandíbula, mas seus membros trêmulos revelaram sua fraqueza.

— A menos que você queira que sua adorável família descubra tudo sobre suas trapaças e métodos de estupro, você nunca mais chegará perto do *NightCaps* ou daquela bartender.

— T-tudo bem.

Logan olhou por cima do ombro, e lentamente desviou o

olhar para a mesa de Mike e pegou a foto de sua família.

— Também seria uma pena se você visitasse qualquer outro bar, beco ou outro ambiente impróprio para um marido e pai de dois filhos e ameaçasse outra mulher. — Ele passou o dedo sobre a imagem da bela e jovem esposa de Mike, depois empurrou o paletó para o lado e mostrou a arma.

Mike ofegou, mantendo os olhos fixos no metal preto.

— Vou ficar de olho em você, Winters. Odiaria que sua esposa se tornasse viúva, mas se não conseguir manter as mãos para si, acho que estaria fazendo um desserviço às mulheres ao deixar você perambular pelas ruas. — Ele colocou a foto sobre a mesa e se inclinou tão perto que podia sentir o cheiro de medo no hálito de Mike. — Esse é seu único aviso. Da próxima vez, será minha arma que irá falar.

Logan levantou-se e alisou o paletó.

— Ah, e se você entrar em contato com a polícia e disser que eu te ameacei, sua esposinha vai receber uma visita rápida da mulher que você atacou ontem à noite, junto com a polícia. Sua vida vai acabar mais rápido do que você pode dizer, *ops*.

Ele tirou o chapéu e deixou Mike para descobrir como sair de seu escritório com as calças molhadas de urina.

Capítulo seis

STELLA ACORDOU SE SENTINDO revigorada, menos estressada que há anos e dolorida. Dolorida pra caramba. Com o tipo de dor nos quadris e na parte de trás de suas coxas que só vinha de muito sexo e orgasmos múltiplos. Caramba, tinha sido bom estar com um homem novamente. Estar nos braços de Logan, sentir sua força e se deleitar com seu toque, senti-lo provocar emoções e sensações que ela havia se esquecido há muito tempo.

A maneira como ele reivindicou seus lábios com demanda e paixão... só de pensar em estar com ele sentiu seu corpo vibrar. Estava em conflito quando ele foi embora nas primeiras horas da manhã. Se sentiu afeiçoada a ele e queria pedir que ficasse, mas não estava em posição de acordar nos braços daquele homem. Era uma mulher traumatizada, fugindo de um cara que sairia da prisão em poucos dias. Não, iludir Logan era a última coisa que qualquer um deles precisava.

Ela tomou banho e se vestiu, depois retirou a roupa de cama para lavar os lençóis antes de ter que sair para trabalhar. Tinha apenas um travesseiro e, na noite anterior, Logan o havia usado, enquanto ela apoiava a cabeça em seu braço. Levou a fronha ao nariz e sentiu o aroma fresco e masculino dele, se permitindo um raro momento de reflexão. É isso, linda. *Goze para mim. Goze para nós.* O olhar de Logan quando ele disse isso – sombrio e sensual, com um toque de surpresa – a excitou e a confundiu pra caramba.

Sentiu algo entre eles que era bem mais que uma conexão rápida. Ela adorou a maneira como ele assumiu o controle e como se preocupou em ver se ela estava bem antes de beijá-la ou penetrá-la, procurando seus olhos, se certificando de que ainda estavam de acordo. Com certeza estavam. A conexão era tão grande, que pareciam estar vivendo um romance.

Logan era legal, e ela não estava acostumada com caras *legais*.

Argh. O que é que ela estava fazendo? Quem transava com um cara depois de ser atacada por um psicopata? Talvez estivesse realmente perturbada. Quem sabe Kutcher tivesse arruinado todas as coisas normais sobre ela nas quais confiava antes. Olhou para o calendário pendurado na parede ao lado da despensa. Seu estômago ficou embrulhado quando pegou o marcador vermelho do balcão e riscou outro dia. Mais três até que Kutcher fosse solto.

Mais três dias até que seu véu de segurança fosse despedaçado. Sobrevivente costumava ser um termo distante, algo tirado de um programa de televisão ou que era relacionado a homens dominadores e gostosos, que usavam botas de couro grossas e coletes de pescador, ou pessoas que tinham adoecido e lutaram para se recuperar. Agora, esse era um termo que Stella usava para descrever a si mesma. Ela era uma sobrevivente e tinha toda a intenção de continuar se encaixando na definição.

Jogou a roupa de cama na máquina de lavar e foi até a cozinha pegar uma xícara de café. O cômodo era pequeno, com uma longa bancada, pia e dois armários pendurados de cada lado de uma janela. Ela gostava de áreas pequenas. Não havia muitos lugares onde uma pessoa pudesse se esconder, ao contrário de sua antiga casa, onde cada cômodo era como um parque de diversões para ladrões. Ou melhor, o parque de Kutcher. Estremeceu com a lembrança de se despir para tomar banho e ver a porta do armário se abrindo pelo canto do olho. Teve sorte que ele só a esfaqueou duas vezes antes de um vizinho aparecer porque a ouviu gritar. Kutcher fugiu pelos fundos e, na tarde seguinte, Stella escapou de Mystic para sempre.

Levou seis semanas para se curar por completo. Afastou as memórias e sua mente vagou para Heath. Ele tinha sido tão gentil com ela, cuidadoso e profissional quando a examinou. Pensou nas perguntas que ele fez quando viu as cicatrizes. *Como você conseguiu essas cicatrizes? Parecem bastante recentes.* E suas respostas ridículas. *Acidente de carro, há alguns meses.* Ela ficou chocada quando ele não a pressionou para saber mais informações, e agora se perguntava se ele havia mencionado as cicatrizes para Logan.

Não podia se preocupar com isso agora. Tinha coisas maiores em mente. Com uma inspiração profunda, se concentrou em limpar o apartamento.

Uma hora depois, com a cama recém-arrumada e um copo de café para viagem na mão, Stella saiu de seu apartamento e trancou a porta atrás de si.

— Bom dia, Stormy — a sra. Fairly disse da varanda acima da porta de Stella. Ela era uma mulher baixa e gentil de quase sessenta anos, que sempre a cumprimentava com um sorriso. Depois de passar tanto tempo evitando amizades, Stella achou a sra. Fairly uma luz brilhante em seus dias solitários.

— Bom dia. Parece que será outro dia bonito. — Stella esperava que a mulher não tivesse ouvido ela e Logan na noite anterior. Odiava ter que mentir seu nome e não queria continuar acumulando mentiras, mas se a sra. Fairly perguntasse sobre

Logan, teria que inventar alguma coisa. Ter um encontro sexy e barulhento era uma coisa, mas admitir isso para sua doce senhoria era outra.

— Sim, está lindo lá fora, e parece que seu belo pretendente está de volta. — Ela olhou sobre a grade da varanda e apontou para a rua.

O cabelo na nuca de Stella se arrepiou. Sua mente voltou para o calendário. Tinha mais três dias! Um arrepio percorreu suas veias quando ela se virou, olhando além da cerca de metal torta para o carro preto estacionado perto do meio-fio.

Não, não, não. Por favor, Deus. Tenho mais três dias. Ela se virou e olhou para a sra. Fairly, sentindo o coração partido. Se Kutcher visse a mulher mais velha, ele também poderia machucá-la.

— Sra. Fairly, você deveria entrar. — O medo estrangulou suas palavras, e ela se perguntou se a mulher poderia ouvi-la.

Ouviu passos atrás de si. Não desistiria sem lutar. Não havia chance de ter sobrevivido por tanto tempo apenas para ser morta na frente dessa senhora gentil, neste bairro degradado. Com as mãos trêmulas, segurou as chaves na palma da mão, a mais longa saindo entre os nós dos seus dedos. Não era muito, mas era tudo o que tinha. Fechou os olhos com força e girou enquanto balançava o braço para trás, pronta para atacar, e rezou para que seu cérebro não ficasse em branco como aconteceu no bar.

— Opa!

Uma mão forte segurou seu pulso quando ela ergueu o joelho e o atingiu na virilha. Ela abriu os olhos quando Logan se inclinou de dor.

— Ah, não. Logan!

— Stormy? Por que fez isso? — A sra. Fairly olhou para ela

horrorizada.

— Desculpe. Pensei que você fosse outra pessoa. Ah, Deus. Me desculpe. — O medo a fez tremer enquanto ela se desculpava repetidamente com Logan e tentava tranquilizar a sra. Fairly.

— Ele está me ensinando autodefesa. É tudo uma brincadeira — disse para a sra. Fairly, esperando que a mulher mais velha acreditasse na explicação.

Logan fez uma careta enquanto acenava para a sra. Fairly.

— A juventude de hoje em dia tem maneiras estranhas de se divertir — a sra. Fairly comentou antes de entrar em casa.

Logan olhou para Stormy com os olhos demonstrando sua dor.

— Por que você não fez isso com o atacante ontem à noite?

— Eu não... eu... — Seus olhos se encheram de lágrimas enquanto ela tentava se recompor.

O músculo na mandíbula de Logan se contraiu. Ele a puxou para seus braços fortes e a abraçou apertado.

— Tudo bem. Você fez certo — ele a tranquilizou ao ver seu desconforto óbvio.

— Certo? Devo ter quebrado alguma coisa *lá embaixo*.

— Bem, há *uma* maneira de descobrir.

Ela não pôde deixar de sorrir com a provocação.

— O que você está fazendo aqui? Achei que fosse o Kutcher. — Ela se encolheu. Não quis dizer o nome dele e, pelo jeito que a mão de Logan parou em suas costas, sabia que ele não deixou passar.

Ainda um pouco trêmula, se afastou de seus braços e tentou distraí-lo do que havia dito.

— Por que você está aqui? Me deu um susto enorme.

— Vim te levar para o trabalho. — A dor em seus olhos diminuiu, dando lugar às sedutoras piscinas de azul nas quais ela havia mergulhado na noite passada.

Stella olhou para a camisa branca de botão e a calça jeans bem passados. As botas que ele usava eram curiosas, depois da sua imagem de homem de negócios da noite anterior. *Goze para nós.* Seu corpo aqueceu com a lembrança. Não podia fazer isso, não podia trazê-lo para o pesadelo que era sua vida.

— Eu posso andar.

— Stormy. — Ele a seguiu para fora. — Tudo bem, então vou te acompanhar até lá. Quero conversar com você.

— Conversamos ontem à noite. — Qual era o problema dele? Por que estava se concentrando nela?

Ele se aproximou e apoiou a mão nas suas costas.

— Fizemos mais que conversar, linda. Não era isso que eu tinha em mente para o caminho do trabalho, mas agora que você tocou no assunto...

Ela estalou a língua e mordeu a parte interna da bochecha para não rir e parou perto da esquina, colocou as mãos nos quadris e encarou Logan, que era bonito demais para o próprio bem. Ele realmente era lindo. Sua mãe o chamaria de destruidor de corações. Ela teria razão. O homem não havia se barbeado, e a barba espessa que havia arranhado suas coxas da maneira mais deliciosa na noite passada estava ainda mais grossa. Ela soltou as bochechas e sorriu com a memória.

— O que foi? — Ele arqueou uma sobrancelha, e ela podia dizer que Logan estava gostando de provocá-la tanto quanto ela estava gostando de ser provocada. Quando se está se escondendo do mundo, esse tipo de coisa não acontece com frequência e, quando acontece, geralmente é recebida com medo. A provocação dele foi recebida com uma tremor no estômago que ela estava tentando ignorar.

— Aquilo foi coisa de uma noite só. — Ficou satisfeita por

soar séria, mesmo que não se sentisse assim.

— Aham. — Ele a guiou pela rua.

— Pra que essas botas de cowboy? — Ele realmente pretendia acompanhá-la ao trabalho como se fosse um aluno da sexta série carregando seus livros?

— Voltando às raízes da minha mãe. — Seus olhos azuis cintilaram com travessura.

Quando chegaram à estrada principal, as calçadas estavam lotadas. Stella examinou a multidão, procurando por Kutcher. Algum dia estaria livre de sua ameaça? Deu uma olhada para Logan e percebeu que ele estava examinando a multidão tão de perto quanto ela.

— A sua mãe é do Oeste? — A mão dele parecia ter deixado uma marca em sua pele.

— Colorado. De onde você é?

— Mysti... — Ela parou de revelar a cidade de onde era. Infelizmente, o brilho nos olhos dele disse que ela não foi rápida o suficiente.

Soltou um suspiro frustrado enquanto esperavam que o próximo semáforo mudasse e baixou a voz.

— Olhe, Logan, não sou realmente uma garota de relações casuais, mas esse tipo de caso não deveria ser apenas por uma noite? Não entendo por que você apareceu na minha casa ou por que está me levando para o trabalho. Você não deveria estar fazendo coisas importantes de detetive particular?

Eles atravessaram a rua com a multidão.

— Eu *estou* fazendo coisas importantes de detetive particular.

— Não mesmo. Por que está fazendo isso? Estou bem. Vou andando para o trabalho desde que me mudei para cá. Acho que consigo lidar com isso.

— Ah, eu sei que consegue. — Ele lhe deu um olhar sério. — Stormy. — Logan parou de andar. — Escute, depois do que fizemos ontem à noite, você não acha que pode me dizer seu nome verdadeiro?

Era disso que se tratava?

— Por quê? Você mantém um registro das mulheres com quem dormiu?

Ele se aproximou, seus corpos roçando do joelho ao peito. O pulso de Stella acelerou.

— Não mantenho registro. Estou tentando te manter segura. Só isso. E o fato de que gosto de você. Sinto uma conexão com você. Você pode negar, mas vi isso em seus lindos olhos ontem à noite.

Meus lindos olhos?

Ele passou os dedos pelos seus lábios e ela sentiu os mamilos eriçarem com o toque íntimo. Lutou muito para reprimir o desejo de beijá-lo profundamente, tentou desviar os olhos para não ser capturada pelos dele, mas não conseguiu. Logan se aproximou, e ela inspirou o cheiro fresco e masculino. Precisava se esforçar ainda mais para afastar a onda de emoções que o cheiro dele evocava.

— Sentiu? Isso não é o calor de um caso de noite. Confie em mim. Tive o suficiente deles para saber. Casos de uma noite terminam depois de uma noite. Isso é prolongado, linda, da melhor maneira possível. — Ele pressionou a bochecha contra a dela. — Não se engane. Quero ficar dentro de você, o dia todo.

Ela não conseguia respirar. Não conseguia pensar. Sentiu-se ficar úmida e seus joelhos fraquejarem, e se agarrou a ele para não cair na calçada.

— E pelo seu aperto em meu braço, você quer envolver essas lindas pernas compridas em volta de mim. De *mim*, Stormy.

Não de algum outro cara qualquer.

Ele beijou sua bochecha e a guiou para frente. Stella não tinha ideia de como estava conseguindo andar. As pessoas passavam por ela em um borrão de movimento enquanto tentava fazer seu cérebro voltar a funcionar. Ele tinha razão. Ela queria Logan tanto que só pensar nele as lembranças dele sobre ela, seus músculos lutando contra o prazer, segurando o gozo até que ela chegasse lá retornavam. Ainda podia sentir cada centímetro dele entrando e saindo, e se pensasse com força o suficiente, poderia se lembrar da sensação da impressionante espessura em sua boca, sentir o gosto salgado de seu gozo enquanto escorria por sua língua e descia por sua garganta.

Ah, caramba. O que estou fazendo?

Ela não tinha lugar em sua vida para um cara como Logan. Limpou a garganta e se forçou a se concentrar.

— Logan. — *Fale, fale, fale. Vamos, Stella. Você consegue dizer isso.*

Ela não queria afastá-lo. Queria mais dele.

Ele moveu o braço e o passou por cima do ombro dela quando chegaram ao *NightCaps*. Eram dez e meia e, por um momento, ela se perguntou como ele sabia quando ela era esperada no trabalho.

— Sim, *Stormy*? — Ele pronunciou *Stormy* com tanto sarcasmo que ela não pôde reprimir um sorriso.

Precisava mudar de assunto, porque por mais que o quisesse, também sabia que era egoísta ceder e admitir o que quer que estivesse fervilhando entre eles parecia muito mais que um caso de uma noite. Logan não precisava que a vida dela o sobrecarregasse.

— Como você sabia que horas eu tinha que estar no trabalho?

— Vi no cronograma quando estávamos no escritório. — Ele enfiou a mão livre casualmente no bolso.

— Deus, você é o pior tipo de perseguidor. — Ela olhou para longe, sabendo que isso não estava nem perto da verdade. Kutcher era o pior tipo de perseguidor. Logan era um perseguidor sexy e atencioso.

Ele ergueu o queixo dela com o dedo indicador.

— Não. — Seu olhar intenso tornou-se quente e suave, atraindo-a novamente. — Sou o melhor tipo. Vou te manter em segurança. Me fale sobre o Kutcher.

— Como...? — Ela se lembrou de como ele sabia o nome do outro homem. Ela tinha deixado escapar. Não sabia qual era o jogo dele. Ele devia querer algo, ou talvez só quisesse transar de novo. Tinha se soltado por uma noite. Não faria isso de novo, mesmo que cada passo fizesse os músculos que nem se lembrava que tinha se contraírem com as lembranças mais deliciosas de sua noite juntos.

— Kutcher, Stormy. Onde posso encontrá-lo?

— Ah, não, Logan. Você não pode fazer nada. Este problema não é seu. Posso cuidar de mim mesma.

A sobrancelha arqueada expressava tudo o que estava passando na cabeça dele.

— Me deixe reformular isso. Posso lidar com isso. Tenho três dias para descobrir. — Seu coração acelerou ao perceber que o tempo de prisão de Kutcher estava chegando ao fim.

Ele semicerrou os olhos.

— Três dias para descobrir o quê? Stormy, se um cara está te procurando, Nova York não é tão grande assim. Se ele for bom, vai te encontrar.

— Ele é mais que bom — ela respondeu em voz baixa, odiando admitir que Kutcher era bom em qualquer coisa. O desgraçado.

Logan se aproximou e ergueu seu queixo para que ela fosse forçada a olhar para ele. Seus olhos se aqueceram novamente, como na noite anterior. Quando ele falou, seu tom era doce, carinhoso, e alcançava todos os lugares que a faziam querer se amolecer em seus braços.

— Stormy, ninguém é melhor rastreador que eu. Me deixe te manter em segurança. Me dê algo para trabalhar. Por que três dias? Por que a linha do tempo? Ele está fora do país? Na cadeia?

Por que Logan tinha que fazê-la se sentir tão vulnerável? Ela precisava ser forte, e com ele sentia que não era forte o suficiente, como se precisasse dele. Depois do ataque da noite passada, não tinha tanta certeza de que não precisava mesmo.

— Ele me encontrou em todos os lugares que eu já fui. Mal escapei com vida, Logan. Eu... tenho medo de dizer quem sou, porque tenho medo de que ele faça a conexão de alguma forma e depois venha atrás de você.

Os músculos da mandíbula dele se contraíram.

— Senti a cicatriz na parte de trás do seu ombro esquerdo e a outra logo ao lado da sua coluna.

O sangue de Stella gelou. Se afastou de seu alcance, respirando com dificuldade, sentindo a dor da faca como se estivesse entrando em sua pele pela primeira vez. Kutcher a feriu gravemente daquela vez. Deveria tê-lo denunciado, não deveria ter mentido sobre seu agressor, mas estava com muito medo de que ele escapasse da polícia e voltasse para terminar o serviço.

Logan a abraçou e encostou a bochecha na de Stella novamente. Ela fechou os olhos, tentando afastar as lágrimas.

— Você não está sozinha nisso. Me deixe ajudar. Apenas me diga: ele está livre?

Ela balançou a cabeça.

— Bom. Isso é bom. Então tenho três dias para garantir que ele permaneça na prisão.

Ela estava tremendo e não sabia se era pelas lembranças, pela ameaça da libertação de Kutcher ou pela força do aperto de Logan. O calor dele penetrou em sua pele através da fina camisa de algodão, e ela imaginou a força dele seguindo por esse caminho também. Manteve esse pensamento enquanto esticava a mão para a porta. Logan chegou primeiro e a manteve fechada.

— Preciso começar a trabalhar. — Ela se odiava por soar tão ingrata, mas estava com medo e gostava de Logan mais do que deveria, o que sabia que poderia colocá-lo em perigo. E ele era tão implacável quanto Kutcher, só que no bom sentido. Não tinha ideia de como lidar com as emoções que sentia. Deveria se jogar nos braços de Logan e aceitar a ajuda que ele estava disposto a fornecer e ceder aos sentimentos que estavam se desenvolvendo na velocidade da luz, ou correr o mais rápido e o mais longe que pudesse antes que Kutcher viesse atrás dela?

Ele enfiou um telefone celular no bolso dela.

— Aqui tem o meu número salvo. Me prometa que irá usá-lo se alguém te incomodar hoje, se estiver com medo, ou ainda se tiver um mau pressentimento e precisar de alguém que entenda que você não está apenas surtando.

— Você comprou um telefone para mim?

— Eu tenho vários. Esse não pode ser rastreado. Agora me dê o seu. Vamos ver como esse cara está te rastreando.

Ela revirou os olhos.

— O que isso significa?

— Significa que posso te ler como um livro e estou cansado de pedir educadamente. Você está fugindo de um cara que vai sair da prisão em alguns dias. Está morrendo de medo de que ele te encontre nesta cidade infernal. Isso me diz que ele já te encontrou antes, talvez mais de uma vez. Você não é uma mulher estúpida, então ele te encontrou quando você estava fugindo. Estou certo?

— O quê? Como você pode...?

Ele arqueou uma sobrancelha novamente. O visual combinava com ele. Era sarcástico e, juntamente com o levantar do canto direito de sua boca, suavizou sua seriedade. Sabendo que Logan não iria desistir, enfiou a mão na bolsa e entregou o telefone a ele.

Ele mexeu nas configurações.

— Você não usa senha?

Ela deu de ombros.

— Por que usaria? Quem vai olhar meu telefone?

— Onde você conseguiu esse aparelho? — Ele retirou o cartão SIM e a bateria.

— O meu? O Kutcher me deu o aparelho, mas o plano é meu, então ele não pode me rastrear com um aplicativo de localização ou algo assim. Além disso, ele está na cadeia, então...

Ele balançou a cabeça.

— Este é apenas um dos modos pelos quais ele provavelmente está te rastreando. As pessoas contrabandeiam celulares para dentro das cadeias o tempo todo.

Ela sentiu como se tivesse levado um soco no estômago. Como poderia ter sido tão estúpida?

— Você quer dizer... todo esse tempo pensei que ele tinha colocado pessoas me seguindo, mas era aquele telefone estúpido? — Ela cerrou as mãos e gemeu.

— Tudo bem. Você não sabia. Vamos nos concentrar no que precisamos fazer. O que mais você carrega consigo desde que deixou Mystic?

— O que você quer dizer? Tipo minha bolsa? Minhas roupas? Eu me sinto como uma idiota.

— Stormy, você não é idiota. Você só não é um traficante de drogas cretino que conhece todos os truques. Pense nas coisas que você não lava. Mala? Carteira? Vi uma foto ao lado da sua cama. Você a trouxe de casa?

Stella pensou nas implicações do que ele estava dizendo e as peças começaram a se encaixar.

— Você acha que ele colocou escuta nas minhas coisas? — Ela sentiu como se tivesse engolido um tijolo. Por que ela não pensou nisso? — Ah, Deus.

Ela lhe entregou a bolsa.

— Trouxe isso e tudo que está dentro. Minha mochila está no meu armário.

— Eu vi. A foto ao lado da sua cama?

— Minha mãe. — A ideia de Kutcher rastreá-la através da foto da mulher que ela mais amava no mundo a deixava enjoada. — Eu trouxe de casa.

— Preciso de duas coisas, e você também não vai gostar de nenhuma delas.

Ele parecia o oncologista da mãe no dia em que disse que a mulher estava com câncer. Agarrou o braço dele, precisando de sua força mais uma vez.

— Preciso da sua permissão para entrar no apartamento e verificar essas coisas, e da sua permissão para tirar uma foto sua.

— Sim, pode entrar no meu apartamento. Minhas chaves estão na bolsa, mas tirar minha foto?

Ele deu um único aceno com o rosto impassível.

Se ele estivesse certo sobre Kutcher, ela lhe devia muito mais que uma foto.

— Tudo bem. Por quê?

Ele pegou o celular antes que ela pudesse mudar de ideia e tirou a foto.

— Porque se você não vai me dizer quem é, preciso descobrir sozinho.

— Há alguma coisa que você não possa descobrir?

— Espero que não. — Ele franziu o cenho. — Stormy, se houver mais alguma coisa que você possa me dizer que possa ajudar a mantê-lo na prisão, por favor, me diga.

— Ele era um grande traficante de cocaína, mas não sei muito sobre como ele fazia isso, exceto que tinha outros caras trabalhando para ele e que ele vendia para clientes muito ricos. — Revelar o segredo que quase a matou a fez se sentir mais leve, como se estivesse carregando uma bola de boliche no peito nos últimos meses e pudesse finalmente respirar fundo.

Ele emoldurou seu rosto.

— Obrigado por confiar em mim.

Ela confiava nele. Completamente. E por melhor que isso parecesse, também a assustava, porque embora soubesse que ele não era nada parecido com Kutcher, um dia ela também confiou naquele homem.

Ele abriu a porta.

— Vamos?

— O que você vai fazer, sentar e ficar de babá o dia todo?

— Não. — Ele acenou para Dylan atrás do bar.

Dylan sorriu.

— Logan. — Ele balançou a cabeça, como se devesse ter sabido que Logan apareceria com ela. — Como você está, Stormy?

— Bem. — Ela viu o olhar de aprovação que Dylan deu a Logan.

Isso tudo era uma grande piada? Eles provavelmente fizeram

apostas se ele conseguiria transar com ela na noite passada. Dylan não parecia ser esse tipo de cara, e a menos que seu julgamento estivesse errado, Logan também não. Se ele quisesse só sexo, teria ido embora ontem à noite e nunca mais aparecido. Em vez disso, ele ia tentar ajudá-la com Kutcher. Não que ela achasse que alguém poderia fazer alguma coisa no que dizia respeito a Kutcher, mas gostava de sentir como se não estivesse sozinha nisso.

Stella entrou no escritório para marcar o ponto. Ela se virou e viu Logan bem ali.

— Oi, linda — ele disse baixinho.

— O-oi. Eu… hum… tenho que começar a trabalhar. — Por que ele tinha que ser tão bonito? Tão gentil? Tão controlado e confiante? *Tão grande*? Ela suspirou por dentro, acrescentando um *grande amante* à lista mais ridícula de problemas que já tinha feito. Um grande amante, protetor e bonito, que se deu ao trabalho de acompanhá-la ao trabalho e deu uma surra em um cara bêbado que a assediou. Mesmo agora, quando não estava em perigo iminente, ela se sentia segura com ele. Era por isso que ele estava lá, não era? O grande soldado taciturno ajudando a donzela em perigo?

Deus, ela odiava essa ideia quase tanto quanto odiava Kutcher por fazê-la se sentir assim.

— Voltarei para te levar para casa depois do seu turno.

— Logan. — Ela deu a ele um olhar neutro, meio que esperando que pudesse dissuadi-lo e meio que esperando que não.

— Stormy. — Ele sorriu, e ela notou a cicatriz na beirada do queixo que não havia notado antes.

Sem pensar, estendeu a mão e tocou o ponto descoberto em sua barba por fazer.

— Como você conseguiu isso? — Ela se lembrou da dor que

viu nos olhos dele na noite anterior, quando sentiu que ele estava abrindo sua alma ao compartilhar seus segredos.

Ele deu de ombros.

— Não me lembro. — Ele levou os dedos dela aos lábios e os beijou. — Fiz uma visita àquele cara da noite passada. Ele não deve mais te incomodar.

— Você... como? Quando? — O cara da noite passada? Mas Logan tinha ido embora apenas algumas horas antes. Como poderia ter localizado o cara tão rápido? E porque ele faria isso?

Ele tocou seu cotovelo.

— O melhor tipo de perseguidor, lembra? Só que não sou um perseguidor de verdade. — Ele se inclinou e beijou sua bochecha, então se virou para sair.

— Onde você vai? — Não queria que ele fosse. Mesmo os poucos passos que ele acabara de dar a faziam se sentir vulnerável. Estava sendo estúpida. Havia lidado com a vida antes dele. Certamente uma noite de sexo incrível e alguns gestos doces não poderiam transformá-la em uma garota carente.

— Fazer coisas importantes de detetive particular. — Ele soprou um beijo para ela e desapareceu, deixando-a com a sensação de ter acabado de conhecer o Cavaleiro Solitário.

Capítulo sete

NÃO FOI DIFÍCIL localizar Kutcher. Havia apenas um preso em Connecticut com esse sobrenome, Carl Kutcher. A parte mais complicada era rastrear as pessoas que estavam associadas a ele do lado de fora. Se pudesse provar que Kutcher ainda traficava enquanto estava na prisão, tornaria muito mais fácil mantê-lo atrás das grades. Pela experiência de Logan, os grandes traficantes não paravam de vender drogas só porque estavam presos. Eles apenas ficavam mais criativos.

Usando suas fontes, conseguiu rastrear quatro possíveis conexões com drogas, duas fora de Connecticut, duas a uma hora de Mystic. Ele anotou as informações sobre as conexões e olhou para o celular vibrando na ponta da mesa.

Heath.

Ele esperava uma ligação do irmão, especialmente depois do que a mãe havia dito. Heath possuía todas as qualidades comuns de filho mais velho. Era superprotetor com seus irmãos mais novos, cada um deles com corpos construídos para uma briga e mentes afiadas que não precisavam de babá. Ele sempre tirava notas superiores e, de todos os irmãos, Heath era o que tinha se metido menos em problemas ao longo dos anos. Ele era propenso a ser cuidadoso o suficiente para nunca ser pego, enquanto Logan, Jackson e Cooper sempre foram um pouco imprudentes.

Ele atendeu a chamada enquanto lia as informações no computador.

— Oi, mano. Obrigado por ajudar ontem à noite.

— Claro. Nossa mãe disse que você passou por lá.

Logan ouviu vozes e ruídos ao fundo e soube que seu irmão estava fazendo rondas no hospital.

— Sim. Eu estava por perto e só estava dando uma olhada. — Não queria admitir que o ataque a Stormy trouxe lembranças ruins e o levou a verificar sua mãe.

— Bom. Ela ficou feliz em te ver. Tomei café com ela esta manhã antes do trabalho. — Heath cobriu o bocal e disse algo que Logan não conseguiu entender, depois voltou à linha. — Me desculpe, cara. Ouça, só estou ligando para saber como a *Stormy* está. Por favor, me diga que você conseguiu o nome verdadeiro dela antes de levá-la para casa.

Logan estava prestando atenção apenas pela metade, pois já tinha outra pista para uma conexão com Kutcher, desta vez nos arredores de Mystic.

Bingo.

Ele anotou as informações.

— Não, mas vou conseguir.

Heath não respondeu.

— O que foi, Heath? Fala logo.

— Só… você sabe, Logan. Faz muito tempo desde a última vez que te vi olhar para alguém assim. De forma possessiva.

— Ela estava machucada. Eu tinha acabado de pegar o agressor dela. — Ele negaria qualquer sentimento para seus irmãos até que ele entendesse o que estava acontecendo consigo. Caramba, ele nem sabia por que estava dizendo a Stormy que sentia tanto por ela depois de uma noite. Não era do feitio dele se apegar a alguém. Nunca teve uma namorada séria, e nem estava procurando por uma.

— Ouça, ela obviamente tem alguns problemas. Só estou tentando descobrir o que é. É o meu trabalho, você sabe.

— Sim, tudo bem. — Ele podia perceber pela voz de Heath que ele não estava acreditando. — Bem, jantar na casa da nossa mãe no domingo à noite. Você fica com o vinho.

— Estarei lá. — Logan nunca mais perderia outro jantar com sua mãe.

Depois que desligaram, Logan ligou para seu amigo Marco.

— E aí. — Marco Ortega era um filho da mãe desprezível com longos cabelos negros, tatuagens em cada centímetro do corpo, exceto no rosto e pescoço, e o tipo de voz que fazia o sangue de um homem gelar. Marco tinha passado boa parte dos seus vinte e poucos anos na prisão, o que lhe deu conhecimento em primeira mão sobre o submundo do que acontecia atrás das grades. Ele era um daqueles caras que estavam do lado certo do lado errado da lei, fazendo coisas que contornavam a linha legal, mas sempre por uma boa causa.

— Sou eu. Preciso de um favor. — Logan contou a Marco sobre Mike Winters e o contratou para seguir o homem pelas próximas quatro semanas. — Quero saber onde ele vai. Não deixe nenhum detalhe de fora. Quero saber até quando esse cara vai cagar, entendeu?

— Entendido, chefe. — Marco era leal a Logan por muitas razões, a menor das quais era que Logan havia inocentado o irmão dele de um crime ao rastrear o verdadeiro criminoso quando ninguém mais se importou. — E se ele chegar perto do bar ou da garota?

— Detenha-o até que eu possa chegar lá.

Seu próximo telefonema foi para Dylan, no bar. Logan não esperava que o amigo entregasse tudo. Como os demais Wild e

Bad, ele era um cara leal e, pela reação dele a Stormy na noite passada, Logan assumiu que isso agora se estendia a ela também.

— Por que demorou tanto? — Dylan o conhecia bem.

— Tinha algumas coisas para resolver. Você trabalha o dia todo?

— Sim. Não se preocupe. Vou manter os olhos abertos.

— Você sabe alguma coisa sobre o passado dela? — Logan confiava em Dylan para lhe dar informações suficientes para trabalhar, mesmo que não quisesse violar a confiança de Stormy.

— Provavelmente menos do que você sabe depois do tempo que passou com ela.

Ele ouviu o sorriso na voz de Dylan.

— Uma coisa, Logan. Eu a pago em dinheiro, e ela envia metade dos ganhos por correio para alguém em Mystic.

— Como você sabe?

— Eu a vi fazer isso uma vez e perguntei. Ela disse que tinha um parente doente. Isso é tudo que sei.

— Dyl, por que você a contratou? — No minuto em que as palavras saíram, ele soube a resposta e se arrependeu de perguntar.

— Você sabe por quê. — A família de Dylan havia enfrentado sua própria crise muito antes da família de Logan. O amigo tinha uma irmã mais nova que morreu quando eram crianças, e ele tinha um ponto fraco por manter as mulheres seguras. — Logan, você está apenas brincando com ela? Porque ela já foi machucada o suficiente.

— Você já me viu acompanhar uma mulher ao trabalho? — O investigador mudou de posição na cadeira, ainda desconfortável com a forma como seu estômago ficava estranho quando ele pensava em Stormy.

Dylan riu.

— Não quis implicar com você por causa disso.

— Sim, bem, nem eu. Obrigado por cuidar dela, cara. Tenho que ir.

Mais alguns telefonemas e *hackear* alguns sistemas, permitiram que Logan rastreasse o IP do destinatário das informações do cartão SIM coletadas do telefone de Stormy. Graças a Deus Kutcher era pão-duro e usava produtos ruins. Ele tornou fácil para Logan conseguir as informações de que precisava. Depois de desativar o rastreador e fazer mais telefonemas, Logan providenciou para que o celular de Kutcher fosse revistado.

Com a maioria dos aspectos irritantes de sua manhã resolvidos, Logan abriu a foto de Stormy que havia tirado do lado de fora do *NightCaps*. Seu estômago se apertou com o medo palpável nos olhos verdes. Eram olhos que tinham visto demais, e na noite passada, quando ele a viu se soltar, um toque de medo ainda permaneceu. Ele queria afastar aquele, cada vestígio dele. Logan já tinha visto a aparência das pessoas mudar quando uma ameaça era removida, e Stormy já era linda. Ele só podia imaginar como ela ficaria depois que ele encurralasse aquele cretino do Kutcher.

Carregou a foto no *Google Lens* e encontrou quatro resultados imediatamente. A foto de formatura do ensino médio. Ela estava mais cheia na época, mais curvilínea, e seus olhos felinos eram claros e despreocupados. Logan manteve essa imagem enquanto anotava seu nome verdadeiro – Stella Krane – e o da escola secundária que ela frequentou. Antes disso, teria relacionado o nome Stella a uma mulher mais velha, austera e esguia. Engraçado como um rosto pode mudar a conotação de um nome, mas em sua cabeça, Stella Krane e Stormy era uma mulher sensual e forte.

— O que há em você, Stormy Krane? — Ainda não conseguia pensar nela como Stella. Não depois de ter que desenterrar as informações. Queria ganhar sua confiança o suficiente para ela dizer seu verdadeiro nome, e só então a chamaria de Stella.

Resolveu dar uma olhada nas outras fotos. Várias foram postadas nas páginas de perfil do *Facebook* de garotas que frequentaram a mesma escola que Stella. Ela estava sorrindo em todas. O que não daria para vê-la sorrir assim. Navegou nas fotos do *Facebook* por um tempo e encontrou um *link* para um artigo de jornal do *Mystic Messenger* sobre a mãe de Stella, Judy Krane. Era um anúncio de arrecadação de fundos para ajudar nas contas médicas de Judy. Câncer. Maldito câncer. Não era à toa que ela mandava dinheiro para casa. Logan se afastou do computador e apertou a ponte do nariz, pensando na irmã mais nova que Dylan havia perdido. A vida era cheia de golpes baixos. Logan ia garantir que Stormy voltasse para a mãe, mesmo que tivesse que tirar Kutcher do caminho.

Uma hora depois, Logan estava na cozinha da casa de Stormy sentindo como se estivesse bisbilhotando sua vida privada onde não deveria estar. Se ela fosse uma cliente e ele precisasse coletar pistas, isso seria típico. Mas Logan não dormia com clientes e Stormy não era uma. Ele se forçou a não pensar nela como a mulher que estava despertando suas emoções e fez o possível para deixar seus sentimentos de lado e ativar seus instintos de investigador particular.

Logan foi metódico em seus esforços de busca. Foi até o quarto, planejando trabalhar até chegar à porta da frente. À luz do dia, o quarto parecia muito com Stormy, eficiente com um charme feminino subjacente. Ele tinha certeza de que o apartamento era mobiliado e estava igualmente confiante de que a sra. Fairly não teria pedido o número de seguro social ou prova de identificação. Ela provavelmente aceitou Stormy como verdadeira.

Estar no quarto dela trouxe de volta memórias da noite anterior. Os músculos da parte de trás do seu pescoço se contraíram quando ele se lembrou de ter tocado a cicatriz na parte de trás do ombro dela. Quando sentiu a outra ao lado da espinha, seu sangue esfriou, despertando todos os impulsos de proteção que normalmente reservava para a família. Esses impulsos só se tornaram mais fortes nas horas seguintes.

Pegaria esse idiota nem que fosse a última coisa que faria.

No armário, verificou minuciosamente cada cabide, procurando um rastreador adesivo ou um chip fixado ao plástico. Procurou em cada costura e bolso das poucas peças de roupa que ela tinha em seu armário, depois passeou para a mochila e outras coisas na prateleira acima.

Uma vez convencido de que não havia dispositivos de rastreamento no armário, ele procurou no quarto, inspecionando primeiro as gavetas de baixo da cômoda, mas evitando a de cima, a que as mulheres geralmente reservavam para lingerie. Procurou em suas calças e blusas dobrados com perfeição. A camiseta de Wesleyan era reveladora. Quando fugiam, as pessoas costumavam levar consigo itens que significavam alguma coisa. Ele já havia descoberto que ela era formada pela Wesleyan, e a camiseta indicava que ela se orgulhava desse feito.

Logan viu a fachada dura de Stormy escorregar várias vezes, e se perguntou o quanto ela teve que mudar desde que fugiu de Kutcher.

Forçando seu interesse pessoal em Stormy a desaparecer novamente, procurou na gaveta de cima. Mexer nos sutiãs e calcinhas o levou de volta ao momento em que ele a possuiu, devorando sua boca deliciosa, vendo os lábios dela envolverem seu pau.

Puta merda. Agora estava duro.

Logan fechou os olhos e contou até cinquenta. Em quarenta e cinco, ainda estava a meio mastro. Não havia como tirá-la da cabeça.

Ele cerrou os dentes e se forçou a pelo menos pensar como o investigador que era. Alcançou a gaveta e avaliou a lingerie. Sutiãs e calcinhas de renda combinando, embora não fossem sofisticados, e também não eram de lojas de departamento. Outra informação para seu arquivo sobre Stormy. Em algum momento, ela devia ter tido uma vida muito boa.

Quanto mais tentava se desvencilhar de seus sentimentos pessoais, mais difícil se tornava. Estar a apenas um metro de distância de onde estava quando ela tomou seu pau na boca e engoliu tudo o que ele tinha para dar tornava isso quase impossível. Seu pênis se contraía só de pensar em seus corpos se movendo juntos enquanto ele segurava os joelhos dela ao lado do corpo e ela encontrava cada impulso poderoso com uma elevação e inclinação de seus quadris.

Ótimo. Estava duro de novo.

Se sentindo frustrado, ele passou a mão pelo cabelo e desviou os olhos da cama para a foto emoldurada da mãe dela. O cabelo na parte de trás de seu pescoço se arrepiou e sua ereção suavizou. Pegou a foto e encontrou um dispositivo de rastreamento preso ao interior da moldura. Arrancou aquela merda. Sabia exatamente o que era, porque já tinha usado uma dúzia de vezes. Era uma porcaria barata, como o cartão SIM rastreável que Kutcher havia colocado no telefone de Stormy. Uma marca falsificada que enviava dados pela Internet. O cara sabia o que estava fazendo. Ele provavelmente usava isso em seu negócio de drogas.

Guardou o dispositivo no bolso, depois recolocou com

cuidado a foto no porta-retratos e o deixou ao lado da cama. Pegou o travesseiro e o cheirou. Recém-lavado. Tinha a sensação de que a aspereza que Stormy apresentava não era a única mudança que ela havia feito por causa de Kutcher ou enquanto fugia dele. Teve a nítida sensação quando estavam juntos de que ela estava agindo como achava que deveria, e não como agiria se não estivesse tentando escapar do medo por algumas horas.

Ele era a favor de sexo intenso e apaixonado, mas Stormy não era o tipo de mulher que se transava com força e depois se afastava. Ela era o tipo de mulher com quem se fazia amor, reservando o sexo selvagem e intenso para as noites íntimas e sensuais que os casais compartilhavam. Mas no dia a dia? Ela parecia mais o tipo de garota que gostava de flores e vinho, e quanto mais olhava ao redor do apartamento, mais peças de sua vida ele juntava, e mais queria saber sobre ela.

Logan verificou meticulosamente cada item no banheiro e no armário da lavanderia, depois vasculhou a despensa e os armários da cozinha. Olhou para o calendário na parede e folheou as páginas. Ela havia marcado a data em que Kutcher foi preso e estava contando os dias até sua libertação, marcando cada um com um X vermelho. Não conseguia imaginar o medo que ela carregava a cada momento do dia. Retrocedeu ao longo dos meses, encontrando marcas negras raivosas a cada poucas semanas. Não era preciso ser um gênio para descobrir que aquelas eram as datas em que Kutcher havia colocado as mãos a ela.

Filho da puta.

De jeito nenhum deixaria Stormy voltar a ser alimento para aquele lobo. Ele voltou para o quarto e arrumou as malas dela, tomando cuidado de levar tudo, desde a foto da mãe até a escova de dentes. Em seguida, passou a verificar todos os lugares que achava que Stormy poderia esconder dinheiro ou outros objetos de valor que não gostaria que alguém roubasse. Verificou embaixo do colchão, nos azulejos do teto, acima dos armários, embaixo da pia. Olhou embaixo da mesa para ver se ela havia colado alguma coisa lá.

Nada.

Passou os olhos ao redor da sala, tentando entrar na cabeça de Stormy. O problema era que ele não achava que Stormy estava em sua própria cabeça ultimamente. Ela estava na cabeça da mulher que se tornou, e ele não tinha ideia de como discernir a diferença dessa perspectiva. Viu um pote de biscoitos de cerâmica no balcão e por capricho levantou a cabeça do gato de cerâmica e enfiou a mão dentro.

Bingo.

Um envelope grosso cheio de dinheiro.

Meu Deus, Stormy. Fez uma nota mental para ensiná-la sobre esconderijos mais seguros para seus objetos de valor.

Seu coração fez aquela coisa esquisita que vinha fazendo desde que a conheceu. Ele ignorou, ciente do tempo passando, e enfiou o envelope no bolso de trás. Levou as malas para o carro e foi visitar a sra. Fairly.

Ela tocou a campainha e a senhora atendeu a porta usando um robe azul claro. Ela parecia mais velha que a mãe de Logan, com cabelos grisalhos e um rosto redondo e amigável. O reconhecimento brilhou em seus olhos, e ela sorriu calorosamente.

— Olá.

— Oi, sra. Fairly. Eu sou Logan Wild. — Ele estendeu a mão e foi recebido com um aperto de mão fraco.

— Sim. Você é o amigo da Stormy.

— Isso mesmo. Ela me pediu para vir buscar suas coisas.

Vamos fazer uma viagem e eu gostaria de acertar o restante do contrato dela.

— Ah, meu Deus. Ela está indo embora para sempre? — Uma ruga se formou entre suas sobrancelhas.

— Sim, acredito que sim. Quanto ela deve de aluguel? — Ele pensou em sua mãe, e a ideia de ela precisar receber um estranho em casa por dinheiro o incomodou. A sra. Fairly abriu sua casa para Stormy, e mesmo que ele tivesse acabado de conhecer as duas, estava grato por ela ter encontrado um lugar seguro para morar.

— Ela está no sistema mensal, querido. Já pagou este mês. Seu coração mole levou a melhor sobre ele.

— E quanto ela paga por mês?

— Novecentos dólares, mas como eu disse, ela já pagou.

Depois de lhe dar um cheque com o valor referente a seis meses de aluguel, Logan conversou com ela sobre não abrir a porta para estranhos e depois voltou para seu escritório. Era tarde demais para dirigir até Mystic se quisesse pegar Stormy depois de seu turno e, pelo menos por enquanto, sabia que ela estava segura. Ela poderia não gostar, mas até que ele pudesse garantir que Kutcher nunca mais a incomodaria, a moça estava presa a ele.

Capítulo oito

O DIA SE ARRASTOU, apesar do fluxo contínuo de clientes. Stella mal podia acreditar que o homem, que parecia frio e possivelmente perigoso na primeira noite em que o viu no bar, a fez se sentir segura e como se ela não estivesse sozinha pela primeira vez desde que esse pesadelo começou. Tentou ignorar os outros desejos que ele estava despertando.

Olhou para a porta pela centésima vez hoje. Cada vez que o fazia, um calafrio percorria seus ombros. Não tinha certeza se era por querer ver Logan ou por medo de que Kutcher entrasse pela porta e a arrastasse Deus sabia para onde. Embora esse não fosse o estilo dele. Ele era furtivo, como um ninja. Seria mais provável que ele se escondesse em seu apartamento ou em um beco para poder arrastá-la para a escuridão e deixar seu corpo em uma lixeira.

— Ele estará aqui — Dylan afirmou. — Você ainda tem quinze minutos até sair do trabalho, e o Logan nunca falha.

Ela tentou sorrir, mas sua cabeça ainda estava cheia de pensamentos sobre Kutcher. Ele tinha sido abusivo, mas ela sabia que não era essa a razão pela qual ele a queria morta. Ela cometeu um erro na última vez que ele a perseguiu. Enquanto ele pressionava a ponta afiada da faca em sua pele, ela disse: *Não vou contar a eles sobre o anel.*

O anel. Era assim que ele chamava seu negócio de tráfico de drogas. Ela o ouviu falar sobre isso e juntou as peças da vida obscura dele. Seus olhos ficaram vidrados, frios e escuros, e enquanto a faca rasgava violentamente sua pele, ela pensou que sua próxima respiração seria a última. A segunda facada a deixou de joelhos, e então seu vizinho respondeu aos seus gritos.

O fluxo de clientes diminuiu e Dylan encostou o quadril no bar, passou um tornozelo sobre o outro e cruzou os braços.

— Quer conversar?

Stella se apoiou no balcão ao lado dele. Esperava que ele perguntasse isso. Ela havia compartilhado alguns detalhes sobre seu passado com Dylan, como o fato de estar se escondendo de um ex-namorado abusivo, embora não tivesse contado tudo a ele.

— Você contou para o Logan sobre mim?

Ele balançou a cabeça, com os olhos escuros fixos nos dela.

— Não precisei. Ele nunca me pediria para quebrar a confiança de alguém. É assim que ele age. Qualquer coisa que o Logan queira ou precise saber, ele descobre por conta própria.

— Tive essa impressão. — Seu pulso acelerou quando a porta da frente se abriu.

Os dois olharam para um casal que entrou e se sentou em uma cabine. Ela se afastou do bar para anotar o pedido, e Dylan seu braço de leve.

— Faltam três dias? — A voz de Dylan era baixa, profunda e muito séria.

— Dois e meio. — A boca de seu estômago se contorceu em um nó.

— Ouça o Logan, sim? Não quero ouvir sobre você no noticiário da manhã.

Ela ouviria Logan. Não tinha escolha. Ele não parecia disposto a lhe dar uma. E ela não tinha certeza se queria que ele desse.

Durante o dia, os bartenders assumiam a dupla função de cuidar do salão e do bar. Stella não se importava. Estava feliz pela distração de seus pensamentos. Anotou os pedidos dos clientes e cuidou de outras duas mesas antes de voltar ao bar.

A porta da frente se abriu novamente. O sol do fim da tarde projetou a silhueta alta e larga do corpo de Logan, cada músculo de seu peito delineado por uma camiseta preta justa. Como não percebeu a tatuagem de arame farpado que circulava seu braço direito? A calça jeans se agarrava deliciosamente em suas coxas massivas, e o volume à direita do zíper a deixou com a boca seca. Ela sabia que magia aquele volume impressionante poderia proporcionar.

A porta se fechou atrás dele, e seu rosto entrou em foco. O semblante sério e olhar penetrante indicavam más notícias, mas foi a forma como ele se aproximou, segurou seu braço e caminhou com o corpo praticamente engolindo-a inteira que fez seu pulso acelerar mais que o normal.

LOGAN PASSOU a última hora observando o bar de um café do outro lado da rua. Ele sabia que Stormy ficaria nervosa se ele se sentasse lá dentro e esperasse, mas precisava estar de olho nela. Enquanto a moça estava atrás do bar ou nas cabines contra a parede oposta, conseguia vê-la pelas janelas. Agora que o turno dela havia terminado, tudo o que ele conseguia pensar era em tirá-la de lá. Quando revistaram o celular de Kutcher, encontraram dois telefones. O desgraçado a estava rastreando o tempo todo. Logan tinha que levá-la para um lugar seguro. Kutcher tinha muitos amigos do lado de fora da prisão para esperar os três dias brincando de gato e rato, sabendo que um dos comparsas dele poderia sequestrá-la a qualquer momento. Stormy era um alvo fácil.

— Você está me machucando — ela disse em um sussurro firme.

Ele afrouxou o aperto. Tinha que encontrar uma maneira de separar a raiva que vinha crescendo desde que soube que Kutcher havia comprado o telefone para ela, de sua necessidade de protegê-la. Não havia como lutar contra os impulsos protetores que sentia por Stormy, mas uma coisa era certa: o lado físico do relacionamento estava acabado. Ele não podia se dar ao luxo de estragar tudo. Precisava de todos os seus sentidos em alerta máximo quando estava com ela, e se não deixasse seus sentimentos de lado, nunca seria capaz de manter o foco onde deveria estar.

— Sinto muito, linda. Precisamos conversar.

Dylan estava falando com outro funcionário no bar. Ele ergueu o queixo na direção de Logan quando eles passaram. O investigador enviou uma mensagem para o amigo e o informou sobre o que estava acontecendo. Ele concordou em dar a Stormy a folga que ela precisasse, é claro, e teria um emprego esperando por ela quando a situação estivesse sob controle.

No escritório dos fundos, Stormy esfregou o braço, olhando para ele por baixo de seus longos cabelos escuros, que haviam caído sobre um de seus olhos.

— Apenas me diga o que é. — Ela ergueu o queixo e cruzou os braços. — Eu posso lidar com qualquer coisa.

A insinuação de desespero em sua voz o fez se aproximar.

— Temos que sair daqui. Para fora da área. Ele tem rastreado você o tempo todo. Não é seguro.

Seu lábio inferior começou a tremer e suas sobrancelhas se

uniram. Logan lutou contra o desejo de abraçá-la e segurá-la até que seu medo diminuísse. Tentou ignorar a lembrança de sua boca na dele e o desejo de beijá-la até que nenhum dos dois pudesse pensar no que estava por vir. Ela não podia enterrar esse medo no sexo, e ele não podia se permitir enfraquecer com o pensamento disso.

Endireitou os ombros, se fortalecendo contra suas emoções, sentindo seu corpo ficar tão frio como durante em cada missão que já serviu. Depois de matar o homem que assassinou seu pai e cegou sua mãe, ele trabalhou duro para tentar encontrar o caminho de volta a alguma semelhança de emoções normais, e percebia agora, enquanto tentava se manter frio, que só com Stormy o desejo de se preocupar com alguém que não fosse da família havia rompido o gelo ao redor de seu coração.

Stormy olhou para ele com seus grandes olhos confiantes e estendeu a mão. O instinto assumiu, e ele a envolveu em seus braços, não se sentindo nada como o soldado que tinha sido. Um soldado não cederia a pressão; um soldado tinha que proteger seu coração. Logan estava mais interessado em proteger o dela.

Ele beijou o topo da cabeça dela enquanto pressionava uma mão na parte superior das costas, a outra na parte inferior, e sussurrou:

— Estou aqui. Não vou deixar nada acontecer com você.

Seu sangue se recusava a congelar; seu coração se recusava a afundar no estado congelado em que havia passado a maior parte do tempo. Como atravessaria essa nova situação? Não podia perdê-la de vista, mas se houvesse alguma esperança de manter Kutcher atrás das grades, tinha que ir para Mystic, e não havia como levá-la para perto daquele lugar até ter certeza de que a ameaça de Kutcher tinha desaparecido.

Ela apertou as mãos em sua camisa.

— Para onde eu vou? Preciso fazer as malas.

— Estou com todas as suas coisas. Nós vamos embora.

— Para onde vamos?

— Deixe-me cuidar disso. — Ele enfiou a mão no bolso de trás e entregou a ela o envelope que encontrou no pote de biscoitos.

— Eu... eu costumo carregar isso na minha bolsa, mas depois do que aconteceu na outra noite, percebi que minha bolsa poderia ser roubada mais facilmente que o meu apartamento poderia ser invadido. Logan, o que você encontrou nas minhas coisas?

A noite passada, ela havia sido atacada. Esta manhã, fora de seu apartamento, ela pensou que ele era Kutcher. Ele sabia pelo calendário dela há quanto tempo Stormy vivia com medo desse homem, e não daria a Kutcher outro segundo de poder sobre ela. Ele a abraçou, sentindo um pouco da tensão deixar seus ombros.

— Vamos lá.

— Por favor, me diga para onde estamos indo.

— O único lugar que sei que você ficará segura. Minha cabana.

Capítulo nove

STORMY ESTAVA SILENCIOSA no caminho para fora da cidade. Ela ainda mexia na costura da calça jeans e abraçava a porta do passageiro. Eles pararam em um mercado antes de deixar a cidade, e Logan comprou mantimentos suficientes para durar alguns dias, além de ter comprado sanduíches para o jantar, que comeram no caminho. Ele esperava que ela fechasse os olhos e descansasse um pouco no caminho para sua cabana nas Silver Mountains em Sweetwater, Nova York, mas não teve tanta sorte. Cada vez que ele olhava para ela, a fina camada de gelo que ele mantinha com dificuldade ao redor de seu coração desde que partiram para a cabana derretia um pouco mais. Era tudo o que Logan podia fazer para não puxá-la contra si e ajudar a aliviar sua preocupação. Ele contou a ela sobre os dispositivos de rastreamento que havia encontrado e tentou tranquilizá-la de que tinha um plano, embora ainda fosse incerto no momento, ofuscado pela necessidade de colocá-la em segurança. Ele tinha menos de setenta e duas horas para chegar a Kutcher, e não importava o que fosse preciso, ele pegaria o cretino.

Já estava escuro quando eles subiram a estrada da montanha, guiados pelo luar que abria caminhos por entre as árvores. Stormy fez um som triste que atingiu Logan, apagando o que restava de sua determinação. Ele segurou a mão dela e, por um instante, seus olhos se encontraram antes que ele precisasse olhar de volta para a estrada. Naquele instante viu poços profundos de tristeza. Desejou estar dirigindo a velha caminhonete de seu pai, que ele mantinha na cabana, em vez de seu carro. Tinha um banco largo e ele poderia tê-la abraçado enquanto dirigia.

Ele virou na entrada de terra e parou o carro em frente ao portão de ferro. *Que se dane a distância profissional.* Distância era a última coisa de que ela precisava. Ele soltou o cinto de segurança e inclinou o corpo sobre o console para puxá-la para si. Ela ficou rígida a princípio, enquanto ele acariciava suas costas.

— Estou aqui. Você está segura comigo.

A escuridão espreitava pelas janelas, mantendo os sons da noite afastados e deixando-os em uma bolha de silêncio. Ele poderia tê-la abraçado a noite toda ali mesmo na estrada isolada das Silver Mountains, mas queria que ela estivesse segura e confortável. Ele tocou sua testa na dela.

— Ei.

Ela levantou um olhar tênue.

— Estou com você. — Logan deu um beijo em sua testa.

Pela primeira vez, ela parecia frágil. Seus olhos estavam suaves, seus ombros baixos. Suas barreiras estavam caindo, e isso tornava os impulsos protetores de Logan ainda mais fortes. Ele estava em alerta máximo enquanto saíam da cidade e tinham tomado o caminho mais longo até a propriedade para evitar serem seguidos. Não houve um único par de faróis pelos últimos vinte quilômetros.

Ele se recostou no assento e usou o controle remoto para abrir o portão, ainda segurando a mão dela. Stormy inclinou a cabeça para trás e fechou os olhos enquanto ele dirigia pela longa estrada escura em direção à cabana.

Logan estacionou o carro e digitou um código no controle

remoto. As luzes da varanda e do jardim iluminavam uma área de nove metros ao redor da cabana de dois quartos.

— Onde estamos?

— Silver Rock Mountains, no interior do estado de Nova York. Sou dono de oitenta hectares. Tem câmeras de vigilância em toda a propriedade, mas não precisa se preocupar — assegurou a ela. — Ninguém sabe que você está aqui.

— Uau. Você é como aqueles caras dos filmes, que em poucas horas podem se tornar invisíveis. — Ela suspirou enquanto soltava o cinto de segurança. — O que eu não daria por essa habilidade.

Logan saiu do carro e abriu a porta para ela.

— *E* é um cavalheiro. — Stormy sorriu para ele, parecendo muito menos preocupada que momentos antes. Logan sabia que ela era boa em se despir da armadura que usava em público, e ele não acreditava na máscara *sem medo* que ela estava usando.

— Acho que minha mãe educou bem os filhos dela. — Ele segurou a mão dela e a ajudou a sair do carro, então pegou suas bolsas. Tinha tudo o que precisava na cabana, desde roupas até equipamentos técnicos e táticos.

Por hábito, ele examinou a área enquanto subiam os degraus até o alpendre.

— Aposto que este lugar é lindo à luz do dia.

— Noite ou dia, se você me perguntar. — Logan abriu a porta e examinou o interior. Era uma cabana simples com um quarto em cada extremidade, uma pequena cozinha à esquerda e um fogão a lenha cercado por pedras logo adiante. A parede oposta era revestida de madeira recuperada de celeiros. Logan olhou Stormy observar as poltronas reclináveis de couro na sala de estar e o velho sofá de mesmo material ao lado do fogão. Suas botas ressoavam no chão de madeira.

— Esse lugar é exatamente como imaginei que você viveria. — Ela passou a mão sobre as bancadas de mármore da cozinha. — Adoro como você combinou madeira velha de celeiro com elementos sofisticados, e o fogão e a geladeira de aço inoxidável são um toque agradável.

— Cuidadoso. Seu lado decoradora de interiores está aparecendo.

Ela sorriu.

— Então coisas importantes de investigador particular incluiu desenterrar minha carreira?

— Só um pouco. — Não queria que ela se sentisse exposta demais, mas ela precisava saber que Logan não estava alheio a quem ela era, então mudou o rumo da conversa para a cabana. — Meu pai tinha uma queda por pedra. Provavelmente porque pôde pagar por isso. — Falar sobre o pai deixava seus músculos tensos, e ele não sabia o que o fez mencionar seu pai a Stormy.

Ele havia comprado a propriedade depois de voltar à vida civil, como um lugar onde pudesse escapar da culpa de não estar presente quando seus pais precisaram dele. Descobrir que essa culpa estava sempre presente era uma dura realidade com a qual ainda não havia se acostumado. Adicionou a pedra no último minuto. Seu pai era o homem mais trabalhador que Logan já conheceu, embora nunca tivesse ganhado muito dinheiro. Logan carregava uma imagem de seu pai consigo por anos. Eles tinham acabado de chegar ao rancho de Hal Braden em Weston, Colorado, para ele e seus irmãos trabalharem por algumas semanas. Hal era um homem corpulento de um metro e oitenta, com ombros tão largos quanto o batente de uma porta. Seu pai abraçou Hal, os dois homens parecendo tão próximos quanto irmãos. O pai de Logan virou-se para ele e disse: *Quando construir uma casa, filho, faça como o Hal faz. Use pedra e madeira. Pedra para solidez e estabilidade e madeira para compaixão e calor.*

Ele sentiu as paredes se fechando sobre ele com a memória e escapou para o quarto à esquerda, onde colocou as malas de Stormy na cama. Ele nunca trouxe nenhuma mulher para a cabana antes. Mas foi o primeiro e único lugar que veio à mente com Stormy. Decidiu não analisar isso muito de perto enquanto a observava pela porta aberta do quarto. Ela se inclinou para tirar as botas, e ele tentou não olhar fixamente, ou deixar sua mente vagar muito longe, mas vê-la curvada evocou todos os tipos de pensamentos indecentes. Ele desviou os olhos.

Tem um cara atrás dela e você está pensando em levá-la para cama. Muito legal, Logan.

— Assim é melhor. — Ela levou as botas para o tapete perto da porta e franziu a testa. — Por que você está me olhando assim?

Logan afastou a névoa luxuriosa e se juntou a ela na sala de estar. Ela se sentou no sofá com um suspiro e fechou os olhos. Ele estava agitado demais para ficar parado e começou a andar de um lado para o outro.

Stormy deu um tapinha no sofá ao lado dela.

— Sente-se. Você está me deixando nervosa. Achei que você tinha dito que estávamos seguros aqui.

— Estamos. — Ele parou de andar e cruzou os braços. Os olhos de Stormy estavam pesados enquanto ela apoiava os pés sobre o sofá e deslizou um pouco mais para baixo, descansando a cabeça na almofada.

— Então por que você está parecendo um puma guardando seu território? Seus ombros estão tensos e você vai acabar quebrando os dentes de tanto apertá-los.

Ele sorriu com a observação dela. O que ela não viu foram

os pensamentos que passaram por sua cabeça. A batalha entre o certo e o errado. Suas emoções já haviam ultrapassado a linha invisível e ele estava fazendo tudo o que podia para voltar ao lado certo dela.

— Os lençóis da cama estão limpos se você quiser descansar. — Eles estavam na estrada há cerca de duas horas e, depois de trabalhar o dia todo e não dormir muito na noite anterior, ela devia estar exausta.

— Você está brincando? Como posso dormir sabendo que você está rondando por aí?

— Desculpe. — Ele foi para o quarto e pegou o laptop que mantinha lá, então se sentou ao lado dela no sofá. Pelo menos se sua mente e mãos estivessem ocupadas, não estaria pensando em tocá-la.

Ele tirou o celular do bolso e ativou o ponto de acesso à Internet, observando-a enquanto esperava que se conectasse. Os olhos dela ficaram pesados e Stormy cruzou os braços ao redor da cintura, como se estivesse com frio. Logan colocou o laptop na mesa de centro e a cobriu com a manta do quarto.

Ela puxou a manta até o queixo com um sorriso sonolento.

— Obrigada por tudo, Logan.

Ele sorriu, sentindo o impacto da percepção de que faria qualquer coisa por ela. Ficou parado, momentaneamente deslumbrado com a profundidade de seus sentimentos por ela. Ela afundou ainda mais nas almofadas, tirando-o de seu estupor.

Ele colocou o laptop no colo e checou os e-mails que havia enviado naquela manhã para seus contatos na prisão onde Kutcher estava detido. Um pouco depois, Stormy acomodou os pés em seu colo, e ele ajustou o laptop para acomodá-los. Seus traços se suavizaram como na noite anterior. Ela parecia tranquila, como se se sentisse segura, e essa última parte fez o peito dele se encher.

Logan se forçou a se concentrar em rastrear Bob Kanets, o traficante que ele esperava ser capaz de coagir a delatar Kutcher por tráfico de drogas. Se fosse bem-sucedido, isso poderia manter Kutcher atrás das grades por pelo menos mais alguns anos. Uma hora depois, ele tinha uma lista dos associados de Kutcher juntamente com um rastro de recibos marcando seu território. Enviou uma mensagem para Marco e obteve informações sobre Winters, que parecia ter levado seu conselho a sério, indo diretamente de casa para o trabalho e ficando lá à noite. Marco continuaria seguindo-o por um mês. Um imbecil fora do caminho.

Stormy se mexeu ao lado dele, e ele se perguntou se seria melhor se sentisse como se ela fosse uma estranha, porque se apaixonar por uma mulher não estava em seus planos, e quando colocou o laptop na mesa de centro e a ergueu em seus braços, sabia que era exatamente o que estava acontecendo.

Ele a carregou até o quarto, puxou os cobertores e a colocou sobre os lençóis. A luz da sala de estar fornecia iluminação suficiente para ele ver os lábios dela se curvarem em um doce sorriso.

Pensou em despi-la para que ela ficasse mais confortável, mas não confiava em si mesmo o suficiente para manter seus desejos sob controle. Em vez disso, puxou as cobertas, moveu as malas para o chão e verificou as travas das janelas. Se sentia estranho deixando o quarto quando queria se deitar na cama ao lado dela e segurá-la com segurança contra si. Manter distância profissional era um saco.

Ele deixou a porta do quarto entreaberta enquanto sentia o cansaço tomá-lo. Verificou a fechadura da porta da frente uma última vez antes de se despir, ficando apenas de cueca, e cair na cama.

STELLA ACORDOU com um sobressalto. Pensou ter ouvido um barulho, mas estava tão cansada que não tinha certeza se realmente tinha ou se era parte do pesadelo que estava tendo com Kutcher. Seus olhos percorreram o quarto escuro e desconhecido. Seu coração batia forte em seu peito, e a única coisa que ouviu foi o sangue correndo em seus ouvidos. Respirou fundo algumas vezes, dizendo a si mesma que era apenas um sonho.

Ela acordou um pouco antes, se sentindo sufocada por suas roupas, e tirou a roupa até ficar só de calcinha. Retirou o sutiã e pegou uma camiseta em sua bolsa. À medida que seu coração se acalmava, ela fez um balanço das coisas positivas em sua vida. Era uma das maneiras que encontrou para passar as longas noites desses últimos meses, porque focar em tudo o que deixou para trás ou em seu medo a deixaria inútil.

Ela estava viva. Isso encabeçava a lista de bênçãos.

Estava segura na cabana de Logan. *Deus, Logan*. Ele parecia pronto para atacar no início dessa noite – ou a qualquer um que se aproximasse dela. Teve dificuldade em distinguir o desejo dele de seus instintos protetores. Ele era um homem complexo, mas confiava e gostava demais dele. Ótimo. Agora estava ficando excitada só de pensar nele.

Olhou ao redor do quarto para se distrair. Havia uma grande cômoda de madeira na parede oposta e cortinas escuras cobriam as janelas. A cabana inteira parecia masculina. *Como Logan*. Odiava arrastá-lo para o pesadelo de sua vida, mas, ao mesmo tempo, estava agradecida por ele estar ao seu lado quando precisou dele. Ouviu um barulho do lado de fora da janela e agarrou o cobertor contra o peito, prendendo a respiração enquanto ouvia um barulho no deck. Fechou os olhos e, quando os abriu, avistou um homem preenchendo a moldura da porta com uma arma na mão direita e gritou.

— Sou eu. — Logan a puxou contra si enquanto ela lutava para sair do outro lado da cama. — É Logan. Você está segura.

— Ouvi um barulho — ela disse, ofegante.

— Guaxinins. Eles andam pelo deck.

Guaxinins. Não Kutcher.

Seu coração parecia que ia explodir. Ela agarrou os braços de Logan.

— Está tudo bem. Ninguém sabe que você está aqui. Você está segura. Eu prometo.

— Então por que você tem uma arma? — ela sussurrou, com muito medo de falar mais alto.

— Hábito.

Quando sua mente entrou em foco, ela se tornou consciente do peito nu de Logan contra sua bochecha, suas coxas grossas e nuas debaixo dela. Em seu pânico, devia ter se jogado em seu colo. Fechou os olhos enquanto seu medo se transformava em luxúria. Ela se afastou de seus braços, mas imediatamente se sentiu vulnerável novamente.

— Fi-fique — pediu.

Ele não respondeu de imediato e, conforme seus sentidos se ajustavam, ela percebeu o motivo de ele estar hesitando. Enquanto avaliava seus próprios desejos, ele ficou gloriosa e impressionantemente duro como aço debaixo dela.

— Não é uma boa ideia. — A voz dele era emotiva, baixa e rouca. — Preciso estar alerta.

— Bem, acho que você conseguiu.

Ele olhou para ela com o canto do olho e contraiu a mandíbula.

— Eu só não quero ficar sozinha. Por favor? Nós não vamos...

Ela sabia que os dois estariam testando sua força de vontade e observou enquanto ele travava uma espécie de batalha silenciosa que o fazia semicerrar os olhos e apertar a mandíbula novamente. Ele a tirou de seu colo e passou a mão pelo rosto.

— Prometo que não vou te tocar. — Ela tentou parecer confiante, mas todas as suas partes femininas imploravam para que mentisse.

Ele fez um som profundo em sua garganta que poderia ser interpretado como raiva ou desejo, e a forma como seus músculos estavam tensos fez com que ela não quisesse arriscar adivinhar errado. Ele desviou o olhar, e quando encontrou o dela novamente, seus olhos estavam escuros e sedutores.

— Stormy. — Ele estava respirando com dificuldade. — Não é do seu toque que eu tenho medo.

Ela pensou nisso por um minuto antes de entender.

— Ah. Então não vou deixar você me tocar.

Ele esfregou o rosto novamente.

— Por favor? — Não queria ficar sozinha. Ela não dormia há dias e precisava desesperadamente descansar. Pelo menos foi o que disse a si mesma enquanto tentava não admitir – nem para si – que queria estar perto de Logan. Na viagem de carro, a distância entre eles parecia grande demais. Quando chegaram à cabana, quis se aconchegar no colo dele e sentir os braços ao redor de seu corpo enquanto descansava a cabeça no ombro forte. Era boa em mentir para si mesma, mas eram mentiras momentâneas, perseguidas por uma verdade que não podia evitar. Estava se apaixonando por Logan Wild.

Sem dizer uma palavra, ele colocou a arma na mesa de cabeceira e se arrastou entre os lençóis. Se deitou de costas, com o lençol erguido por sua ereção. Ela fingiu não notar e lutou contra o desejo de envolver seu corpo ao redor do dele como uma segunda pele. Ele passou o braço sobre os olhos e ficou rígido ao lado dela. Stormy se virou de lado, de costas para Logan, sabendo que havia cometido um erro. Não havia como resistir a ele.

Se sentia segura. Mais do que ela jamais se sentiu em sua vida, pelo menos das forças externas. Mas seu coração não estava em segurança. Logan não tinha nada a ganhar ao ajudá-la. Não ofereceu dinheiro, seu corpo ou *qualquer coisa* em troca, e mesmo assim ele estava abrindo sua cabana para ela e colocando a própria vida em espera. Ela se aproximou com o desejo de estar perto do homem, não do detetive particular, e sentiu que ele ficou ainda mais tenso. Suas costas encontraram o lado do corpo dele. Suas pernas tocaram as dele. A pele de Logan estava ardente e esse calor se espalhou por ela como um incêndio. Precisava sentir os braços dele ao seu redor. Mesmo que não transassem, queria se sentir como se fosse *dele*. Fingir, mesmo por alguns minutos, que não estava fugindo de um maníaco, e que ela e Logan poderiam ter algo real entre eles.

— Stormy… — ele grunhiu.

— Desculpe. Eu só quero ficar mais perto.

Ele fez outro som sexy e gutural enquanto se enroscava ao redor dela. Uma coxa forte deslizou sobre a dela, e um braço grosso circulou seu peito. A mão dele segurou seu seio enquanto ele a abraçava por trás. Stella fechou os olhos contra seu desejo crescente, consciente do calor, da força e da enorme ereção. Tentou ignorar o hálito quente em seu pescoço, que provocou arrepios de antecipação por todo seu corpo.

Não ia conseguir dormir esta noite.

O comprimento duro parecia um desafio apaixonado, impossível de resistir. Ela se aconchegou nele.

— Stormy. — Um aviso. Ele aumentou o aperto e pressionou os quadris para frente.

Suas mensagens conflitantes a fizeram sorrir. Mordiscou o lábio inferior e tentou afastar o desejo de arrancar a calcinha e se sentar sobre ele.

Seu coração acelerou.

Dormir. Dormir. Dormir.

O pau se contraiu contra ela.

Dormir. Dormir. Dormir.

Os lábios dele encontraram a curva de seu ombro, e ela sentiu-se ficar úmida. Tentou se convencer de que ele estava apenas se acomodando e que seus lábios pousaram ali por acidente.

Ele gemeu.

Minha nossa.

— Quero fazer amor com você — ele sussurrou.

Stella se forçou a ficar quieta, porque receava que, se ela se movesse, iria subir nele e montá-lo como um touro. Isso tinha que ser um teste. Ele estava vendo o quanto ela era confiável. Disse que não o deixaria tocá-la.

— Mas você disse… — Suas palavras se dissiparam na escuridão. Sabia o que ele tinha dito e que ele sentia o mesmo vínculo entre eles, que começou como protetor e vítima e mudou a uma velocidade vertiginosa para algo muito mais profundo.

Ele a deitou de costas e olhou em seus olhos com tanta emoção que ela perdeu a capacidade de falar.

— Não quero transar com você, Stormy. Quero fazer amor. Há uma diferença. Eu nunca quis fazer amor com uma mulher antes. Trepar? Sim. Transar? Sim. Fazer amor? Só com você, linda. Isso é, se você quiser. — Ele tocou sua bochecha, e a intimidade disso provocou uma liberação imediata e total das emoções que ela estava tentando negar.

— Sim — ela sussurrou. — Logan...

— Não é uma transa. Não quero ser mais um em uma fila de caras, Stormy. Quero que você confie em mim, que esteja comigo e somente comigo.

— Não tem fila... Caramba, Logan. Eu nem estive com um cara em meses. Tenho tentado afastar meus sentimentos por você e permanecer forte, mas não consigo. Eles são demais. Muito reais.

Ele procurou em seus olhos, e ela soube que, enquanto ele inclinava os lábios sobre os dela e a beijava com ternura, ele viu a verdadeira Stella emergindo tão fortemente quanto ela sentia. Tudo sobre a forma como ele a beijava, a maneira como suas mãos se moviam sobre ela, era diferente. Ele estava acariciando em vez de apalpar, como se a estivesse tocando pela primeira vez. Logan tirou sua camisa com gentileza, deixando uma trilha de beijos em seu pescoço, sobre seus seios, e então ele subiu e beijou sua boca novamente. Ela nunca tinha sido tocada assim. Se sentia especial, querida, e fazia tanto tempo que não era ela mesma que não sabia o que fazer com as emoções ardentes dentro de si.

Ele passava as mãos com delicadeza sobre suas costelas enquanto deixava uma trilha de beijos em seu caminho para o sul, demorando-se ao redor do umbigo dela, dando beijos sedutores em sua barriga. Ela queria que ele descesse mais, desejava sentir sua boca nela, a língua dentro dela, mas Logan estava subindo por seu corpo novamente, torturando-a da maneira mais deliciosa possível. Lambeu cada mamilo eriçado, aumentando sua antecipação com cada toque de língua e de suas mãos. Ela sentiu a fachada atrás da qual estava se escondendo se esvair. Ele estava quebrando a persona espinhosa que ela usava, acalmando o medo que Kutcher havia incutido nela e despertando emoções mais profundas que ela havia enterrado há muito tempo.

— Você é tão linda, Stormy.

Stormy. Sentiu a culpa percorrer seu corpo. Ele não era Kutcher ou alguém que queria machucá-la, e ela ainda o tratava como se fosse. Logan segurou seus quadris e beijou o topo de suas coxas, enfiou o dedo na calcinha e a puxou, deixando-a nua debaixo do corpo glorioso dele. O homem espalmou as mãos sobre suas coxas. O calor das palmas calejadas a atingiu quando ele levou a boca para seu centro. Ela arqueou contra a boca de Logan com o primeiro movimento da língua sobre a carne sensível. Ele apertou ainda mais as pernas dela, colocando-as sob seus braços, contra seus lados musculosos, e levantou seus quadris do colchão, permitindo-lhe um melhor acesso para enlouquecê-la ainda mais.

Quando penetrou os dedos dentro dela, Stella curvou os dedos dos pés.

— Ah, você gosta disso — ele disse antes de morder a parte interna da coxa dela.

Ela ofegou.

— Logan...

— Eu te machuquei?

— Caramba, não. Por favor, mais, Logan. Mais.

Ele curvou os lábios em um sorriso malicioso.

— Não se preocupe, baby. Vou te dar muito mais.

Sua boca desceu novamente enquanto seus dedos brincavam sobre o ponto que fazia seu sangue ficar mais quente, mais pesado, e sua respiração rasa. Ondas de prazer envolveram seu corpo. Ele provocou aquele ponto repetidamente. Ela gozou forte e rápido, infundida com choques que irradiavam através de seu peito. Ele a lambeu e a amou até a última onda de prazer. Ele devia ter tirado a cueca, porque quando cobriu os lábios dela com os seus, ela sentiu a ponta da ereção pressionada contra seu centro úmido.

Caramba, tudo parecia maior com Logan, melhor, mais real. E se havia uma coisa que Stella queria, era algo real. Segurou os bíceps dele, e seu estômago se agitou. Não, não queria apenas algo real. Queria Logan.

A culpa parecia uma parede entre eles.

— Espere, Logan.

LOGAN SABIA QUE havia se arriscado ao se abrir para Stormy, mas não resistiu. Agora, o medo em seus olhos quase o derrubou. Ela não queria isso? Ele a assustou? Se isso não fosse real, ele *nunca* saberia o que era.

— Espere. — A voz dela suavizou.

Ela passou as mãos pelos braços dele, e Logan sentiu a esperança escapar. Stella emoldurou o rosto dele. Deus, ele amava seu toque.

— Stormy, me desculpe. Eu não queria...

Ela pressionou um dedo em seus lábios.

— Shhh. Você não fez nada de errado, Logan. Você fez tudo certo. — Ela sorriu para ele, que viu suas paredes restantes desmoronarem. — Meu nome é Stella. Stella Krane.

Ele soltou um suspiro que não havia percebido que estava preso em sua garganta e apoiou a testa na dela. Stella confiava nele e, ao fazer isso, consertou tudo o que parecia errado com seu mundo desde a morte de seu pai.

— Stella. Estou me apaixonando por você, Stella Krane.

Uma lágrima escorreu pelo canto do olho dela. Logan beijou a lágrima salgada, então baixou a boca para a dela, enquanto seus corpos se uniam. Ele se enterrou profundamente, apoiado acima da mulher que abriu seu coração e o fez sentir novamente.

Logan nunca se sentiu tão vivo ou vulnerável.

Stella moveu os quadris e ele pressionou mais fundo, mantendo-a imóvel.

— Só quero te sentir em volta de mim por um minuto.

— Sim. — Ela passou as pernas ao redor dele e travou os tornozelos.

Ele se moveu devagar no início, aproveitando cada segundo que podia. Logan ergueu-se, absorvendo o rubor em seu peito, o brilho de suor em sua testa. Seus olhos escureceram quando ele a penetrou profundamente. Stella segurou os lençóis, lutando contra o orgasmo.

— Mais, Logan. Me dê mais.

Ele a virou de bruços e a colocou de joelhos, beijando a base de sua coluna, provocando seu clitóris, ponderando sobre o que ela realmente queria dele. Até onde ela queria que isso fosse.

— Me tome, Logan. Não posso esperar mais.

Ela pressionou a bunda para trás quando ele entrou em seu centro molhado. Logan queria tudo com Stella. Queria se fundir com sua pele e experimentar cada emoção que ela sentia. Queria provocar sensações que ela nunca teve antes, mas principalmente queria fazê-la se sentir segura a cada segundo que estivessem juntos.

Ele pressionou o peito contra as costas dela e mordiscou sua orelha.

— Quero tocar em você, Stella. Quero tocar sua bunda.

— Sim. — Ela soltou um longo e quente suspiro.

— Tem certeza?

— Ah, sim, Logan. Eu quero isso. Quero você.

Ele beijou sua espinha, sentindo o coração acelerado com a antecipação, cheio de emoção. Ele abriu suas nádegas e provocou seu ânus com o polegar, ganhando um gemido doce e sexy. Stella se movia no ritmo de cada estocada forte enquanto ele a provocava, mas não a penetrou. Era demais para resistir. Ele tinha medo de que ela mudasse de ideia, e não haveria como voltar atrás. Agarrou seus quadris e a penetrou mais profundo.

— Continue me tocando, Logan. Eu amo quando você faz isso.

Seu peito úmido encontrou as costas dela quando ele alcançou sua boca. Ela chupou seus dedos, quase fazendo-o gozar. Logan deslizou um dedo molhado em seu orifício e sentiu seu sexo se apertar ainda mais. Um gemido inebriante escapou de seus pulmões quando ele alcançava sua cintura com a outra mão para acariciar o local secreto que ele sabia que ela amava. Ela empurrou de volta, levando o dedo dele mais fundo.

—Ah, caramba. Logan.

Stella ofegou, deixando-os o mais perto possível. Inclinou a cabeça para trás enquanto o orgasmo a atravessava, reivindicando-a, pulsando ao redor do pau rígido de Logan. Ele a abraçou enquanto ela se sentava totalmente em seu colo, os músculos internos ainda os reivindicando.

— Nossa, Logan. Isso foi… — Ela ofegou. — Incrível.

Ele juntou o cabelo dela sobre um ombro e beijou sua nuca.

— Quero que você fique por cima de mim para que eu possa te ver gozar.

Ele a levantou facilmente pela cintura, deitou-se de costas, então a baixou sobre sua ereção lubrificada.

— Ah, caramba. — Ela apoiou as palmas das mãos em seu peito enquanto o cavalgava. — É tão bom.

— Bom nem chega perto...

Foi preciso muita concentração para ele não gozar. Stella era tão linda, se abrindo para ele, cavalgando-o, se tornando uma só com ele. Ele não podia esperar mais um segundo; tinha que vê-la gozar para poder ceder à crescente pressão de seu próprio gozo. Ele a puxou para cima dele e a beijou com força.

— Goza para mim de novo.

Sugou um seio enquanto apertava o outro mamilo entre o dedo indicador e o polegar.

— Puta merda.

Ele levou a mão entre as pernas dela e a acariciou do jeito que ela amava. Stella agarrou seus ombros e fechou os olhos enquanto alcançava o orgasmo. Ele a penetrou com força e rapidez, provocando o êxtase e levando-a até o limite. Seus testículos se contraíram e seu corpo ficou quente quando ele grunhiu o nome dela – *Stella* – e se rendeu a seu próprio orgasmo intenso.

Capítulo dez

STELLA ACORDOU COM a cama vazia, o coração cheio e a cabeça repleta de preocupações. Na noite anterior, ela se sentiu mais próxima de Logan do que jamais se sentiu de qualquer pessoa, mas seria estranho com ele hoje? E se ele se arrependesse de ter se aberto com ela?

A cama está vazia. Claro que ele se arrependeu.

Ela sabia que era pedir demais voltar a ser normal. Se permitir sentir algo por um homem novamente. O pensamento racional foi embora quando o ódio por Kutcher pressionou suas inseguranças, que se ampliaram nos últimos meses, complicando seus pensamentos. A preocupação se transformou em decepção, que rapidamente se transformou em raiva.

Ela jogou as cobertas para o lado e entrou no banheiro, onde encontrou toalhas limpas e todos os seus itens pessoais desembalados.

Hum.

Era um gesto doce para um cara que se arrependeu de estar com ela.

Tomou banho, saiu do banheiro enrolada em uma toalha felpuda e se ajoelhou ao lado de suas malas. Logan entrou no quarto e se sentou na beirada da cama.

— Já desfiz as malas para você. Espero que não se importe, mas achei que isso pudesse te deixar mais confortável. — Ele estava sem camisa, usando jeans desbotado que ficava perigosamente baixo em seus quadris.

— Ah. — Ela se levantou e ele a puxou para seu colo. — Obrigada.

Ele tinha um sorriso fácil. Sua aparência não era a de um homem que a estava usando. Ele parecia mais relaxado do que ela jamais o vira.

— Você está bem? — Ele afastou os cabelos molhados do ombro dela.

— Aham. — Sentiu a esperança crescer dentro de si e, quando o medo tentou dominá-la, ela o forçou a se afastar. Passou por decepção o suficiente em sua vida. Queria aproveitar isso, se permitir se sentir feliz novamente.

— Constrangida pela noite passada?

— Não. Estou apenas muito nervosa. — Ela poderia expor todos os seus medos; caso contrário, o tempo que passassem juntos seria péssimo.

— Stella...

— Espere. Não precisa dizer isso. Eu entendo. A noite passada foi um acaso. Nos deixamos levar pelo calor do momento. Entendo.

— Linda, é assim que você se sente? — O tom era baixo, mas ela viu os músculos de sua mandíbula tensionarem.

— É... não é isso que você ia dizer? — Por que ela estava falando tão baixinho?

— Não. — Seus olhos azuis alcançaram direto o seu coração. — Não digo coisas que não quero dizer. Não faço coisas que não quero fazer. Se quisesse transar com você, teria transado. — Ele desviou o olhar, seus olhos cheios de confusão. — Talvez eu seja péssimo nisso. Nunca senti por ninguém o que sinto por você, então talvez isso tenha parecido como sexo casual para você, mas para...

— Não. Não, não foi... *nada* disso. — Ela nem conseguia dizer *sexo* agora. Antes de conhecer Kutcher, quase nunca xingava. Não havia percebido até este exato segundo o quanto de si Kutcher havia roubado. — Logan, eu também sinto isso. Mas algo está acontecendo comigo. Eu não entendo, e não sei como descrever, mas... — Ela apertou os lábios, tentando descobrir como explicar o que estava sentindo. — A pessoa que eu era antes do Kutcher não é a mesma que sou agora, ou pelo menos não completamente. Sei que parece loucura, mas quando ficamos juntos pela primeira vez no meu apartamento, aquela foi a garota que me tornei com Kutcher.

— Eu entendo. — Seus olhos estavam cheios de compaixão, mas a mandíbula dele ainda estava tensa.

— Não. Receio que você não entenda, e um cara como você... — Ela passou os olhos por seu físico impressionante, sentindo que seria melhor memorizá-lo rapidamente, porque, como tudo de bom em sua vida, isso provavelmente não duraria muito. Alguma garota sexy que gostava de *transar* poderia roubá-lo dela em um segundo.

— Um cara como você ficaria entediado com a pessoa real que eu sou.

Ele franziu o cenho.

— Entediado? Nada em você é fácil ou chato. — Ele a beijou de leve. — Stella. Eu amo que você confie em mim o suficiente para compartilhar seu nome verdadeiro comigo.

— Você provavelmente já sabia.

— Sim, mas você me disse, e isso significa que você confia em mim. Pelo menos um pouco.

Ela olhou para o teto e gemeu.

— Muito. Esse é o problema.

— Stella, fala logo. O que está te incomodando?

— Não sou quem você pensa que sou — ela disse antes que pudesse se acovardar.

— Você não é Stella Krane?

— Não! Eu não sou uma garota que diz *me coma* para um cara. Não sou uma garota que chupa um cara que acabou de conhecer. Eu estava tentando superar meu medo. Você sabe, *me libertar*, me perder na luxúria. Eu estava tentando apagar o passado.

— Stella, você não pode apagar o passado. O passado aconteceu. Confie em mim, tentei apagar o passado por anos e, não importa o que eu faça, o passado continua lá.

— Eu sei...

— Sabe mesmo? Porque se sabe, também tem que saber que eu aceito o seu passado. Quero te ajudar a seguir em frente. Quero acabar com o idiota que fez seu com que seu passado dominasse seu presente. — Ele contraiu o rosto. — Quero matá-lo, mas não vou porque isso não me permitiria fazer parte do seu futuro.

— Meu... Logan. — Ela mal podia acreditar nas coisas que ele estava dizendo, mas sua voz, a forma como os olhos dele se enchiam de sinceridade e o *coração* dela diziam que isso era real e que Logan era um bom homem. Um homem honesto.

Ela estava cansada de ser alguém que não era. Queria que Logan conhecesse a verdadeira Stella Krane. Aquele de quem se orgulhava, que ainda esperava que pudesse voltar. A Stella Krane que queria levá-lo para casa para conhecer sua mãe.

— Tem mais. Quero que saiba o quanto estou longe de ser a pessoa que eu costumava ser. Sabe aquele cara no bar? Aquele que eu sei que você me ouviu dizer para ir para casa e transar com a esposa? — Ela cobriu o rosto, sentindo as bochechas queimarem de vergonha. Não queria ter dito aquela palavra vil. Sentiu os braços dele envolverem sua cintura. — Também não sou aquela garota.

— Tudo bem, então você não gosta de falar sacanagem. — Ele disse isso como se não fosse nada de mais. Como se ele tivesse dito: *tudo bem, você não gosta de frango.* — Todas essas emoções são novas para nós dois, e isso também me assusta.

— Sério? — Ela não conseguia imaginar Logan tendo medo de nada.

— Sim, mas eu quero isso.

— Mas eu estou tão complicada.

Logan pressionou os lábios nos dela novamente.

— O Kutcher está complicado. Você está com medo. Há uma diferença. Eu nunca vou te machucar, Stella, e nunca mais vou deixar ninguém encostar um dedo em você.

Ela havia se esquecido de como era ser cuidada e se permitir ter esperança. A confiança dele era cativante e reconfortante, e isso lhe deu força.

— Então pare de se preocupar. Falar sacanagem ou não? Não são as palavras que você usa que as tornam significativas, Stella. São as emoções que as impulsionam.

Ela sentiu as bochechas corarem.

— Gosto de falar sacanagem com você, mas acho que gosto quando isso significa *mais* do que... você sabe.

— Stella Krane, eu quero *mais* com você. Quero tudo o que você estiver disposta a dar.

Capítulo onze

LOGAN DIRIGIU a velha caminhonete de seu pai montanha abaixo em direção a Sweetwater com Stella sentada ao seu lado. Não dirigia a caminhonete do pai com frequência, mas quando o fazia, sentia-se mais próximo dele. E agora, se sentia mais próximo de seu pai e de Stella, o que fazia Logan se sentir bem. Seu pai teria gostado de Stella e ele gostaria que o pai estivesse vivo para conhecê-la.

— Você sente mais falta do seu pai quando dirige a caminhonete dele? — Stella perguntou.

— Sinto falta dele o tempo todo, mas sim, sinto.

Ela colocou a mão na coxa dele e apoiou a cabeça em seu ombro.

— Como é saber que você não pode vê-lo novamente?

Ele sabia que ela estava perguntando por causa do câncer da mãe, mas ela ainda não havia compartilhado essa informação com ele e, assim como com o nome dela, Logan queria que ela confiasse nele o suficiente para compartilhar as partes mais privadas de sua vida. Ele sentiu a garganta se apertar enquanto se preparava para contar a verdade a ela.

— Acordo todos os dias e há um momento em que a vida parece normal. O sol nasce e penso no trabalho e no que tenho que fazer naquele dia. E então minha mente sempre se volta para minha mãe e, quando isso acontece, eu sinto de novo. Meu pai se foi. — Ele faz uma pausa para controlar as lágrimas que ameaçavam cair.

— Desculpe. Não quis te perturbar — Stella falou.

— Está tudo bem, linda. — Ele beijou o topo de sua cabeça. — Naqueles primeiros segundos, quando me lembro, sinto como se estivesse sendo sugado por uma grande onda. Não consigo respirar. Não tenho certeza de qual é o caminho certo, e meu mundo gira ao meu redor. E na próxima respiração, eu guardo tudo para poder funcionar novamente. — Ele soltou um suspiro rápido e forte. — Eu era próximo do meu pai. Ele não queria que eu entrasse para as forças armadas. Ele me queria em casa. Em segurança. Mas eu tinha algo a provar.

Ela olhou para ele com um olhar curioso.

— E você conseguiu? Provar alguma coisa, quero dizer.

Ele deu de ombros.

— Eu nunca soube o que estava provando. Só sabia que precisava lutar pelo meu país como outras pessoas estavam fazendo.

— Então você fez o que se propôs a fazer.

Ela disse isso de forma tão simples, e ele nunca pensou nisso como sendo simples. Logan estava tentando descobrir exatamente o *que* tinha que provar. Não estava provando nada. Estava fazendo o que achava certo.

Eles seguiram pela longa estrada de duas faixas em direção à cidade. Era uma estrada tranquila, ladeada por prados de cada lado.

— Meu maior medo é que minha mãe morra antes que eu a veja novamente. Ela está com câncer. Estava respondendo bem aos tratamentos quando parti, mas eu... — Ela se virou, e ele sabia que ela estava segurando as lágrimas.

— Você a verá novamente, Stella. Eu prometo. — Ele a

puxou para mais perto.

— Espero que sim. Ela é forte. É daí que eu tiro forças. Ela está determinada a vencer isso e odeio ter tido que ir embora, mas estava com medo de que ele a machucasse.

— Eu sei. — Ele tinha certeza de que a mãe dela também sabia. — E quanto ao seu pai?

Ela deu de ombros.

— Eu nunca o conheci. Minha mãe tinha apenas dezenove anos quando me teve, e ele sumiu. Mas tudo bem. Não sinto que perdi muito por não ter um pai. Minha mãe mais do que compensou isso. Somos muito próximas. Sinto muita saudade dela.

Largas ruas de paralelepípedos e vitrines antiquadas apareceram.

— Logan, aqui é Sweetwater?

Ele ainda estava tentando conter a raiva renovada em relação a Kutcher por forçá-la a abandonar sua vida e ficar longe da mãe.

— Sim — ele conseguiu dizer.

— Adoro a maneira como essas casas vitorianas são pintadas. São tão coloridas. Parece muito antiquado, a forma como elas se misturam com as lojas antigas. — A empolgação em sua voz surpreendeu Logan, e então ele se lembrou de como ela era habilidosa em superar sua dor e tristeza.

Ele ficava frio e introspectivo quando tentava fazer isso, mas ela de alguma forma mantinha seu calor e perspectiva positiva.

— Você é uma pessoa notável, Stella. — Ele a beijou novamente.

— Dificilmente.

Ela apontou para um mercado com um toldo verde na entrada. Mercados e butiques familiares ocupavam o lugar das cadeias de supermercados e lojas de departamentos. Ao contrário da cidade de Nova York, a maioria dos moradores de Sweetwater havia crescido aqui. Eles davam significado ao velho ditado de que *é preciso uma aldeia para criar uma criança*, e levavam isso adiante em relação aos idosos, aos doentes, aos tristes, aos felizes e a tudo mais.

— Isso é lindo, mas não entendo porque não posso ficar na cabana. Você disse que eu estava segura lá.

Stella tinha agido de forma insegura durante toda a manhã, como se hesitasse em confiar que os sentimentos dele eram sinceros. Logan sentiu a hesitação dela a cada camada de armadura que ela retirava, mas não se intimidou. O artigo que ele leu sobre Stella e sua mãe pintou a imagem de uma filha amorosa que cuidava de sua mãe doente e, à medida que Stella se abria com ele, era fácil reconstruir a imagem de quem ela tinha sido. Agora ele precisava tornar seu mundo seguro, para que ela pudesse voltar a ser aquela pessoa novamente e se reunir com sua mãe.

— Não me sinto confortável em te deixar sozinha.

— Mas você disse que eu estava segura. Como posso estar mais seguro aqui? E se você estiver errado e alguém tiver nos seguido?

— Não fomos seguidos. Tenha um pouco de fé em mim. *Sou* investigador particular, você sabe. — Ele balançou a cabeça e sorriu. — Você vai gostar daqui.

Ela sorriu quando o lago Sugar apareceu.

— Aquele é o Lago Sugar.

— É bonito. — Ela entrelaçou os dedos aos dele. — Quem é a garota a quem você vai me entregar mesmo?

Logan estacionou em frente à *Sweetie Pie Bakery*, propriedade de Willow Dalton, uma amiga de Logan. Um toldo rosa brilhante dava lugar a duas grandes janelas panorâmicas. Ele desligou o motor e encarou Stella. Seu cabelo caía sobre os ombros em ondas. Ela usava uma blusa solta turquesa, calça jeans e estava com um olhar cauteloso em seus lindos olhos.

— Não vou te *entregar a ninguém.* Espero te proporcionar algumas horas para se lembrar como era viver sem olhar por cima do ombro. Você vai gostar da Willow, e talvez conheça a irmã dela, Bridgette. Ela é dona da floricultura Secret Garden ao lado.

— Como você as conhece?

— Conheci a Willow alguns anos atrás, quando a encontrei nadando nua em minha propriedade.

— Ah. — Ciúme encheu a palavra enquanto ela tentava tirar a mão da dele.

Logan a segurou firme.

— Ela é uma *amiga*, Stella. Willow é ótima. Você vai adorá-la. Na verdade, ela é muito parecida com você.

O sulco não saiu da testa dela enquanto seus olhos o examinavam com ceticismo.

— Se ela é como eu, você ficou com ela?

— Você fica fofa quando está com ciúmes. — Logan sorriu enquanto ela revirava os olhos. — Acredite ou não, não durmo com todas as garotas bonitas que vejo. Não sei o que faz alguém se sentir atraído por uma pessoa em vez de outra, mas posso garantir, ela é como a irmã espertinha que nunca tive e nunca fiquei com ela. Mais importante, você vai gostar dela.

Logan conheceu Willow logo após a morte do pai, e embora ela tenha ficado envergonhada por ter sido pega nadando nua, e ele tivesse ficado com raiva e ainda estivesse se recuperando da morte do pai, eles tiveram uma afinidade instantânea. Ela viu sua tristeza e raiva e, em vez de fugir, vestiu as roupas e deu uma caminhada com Logan, arrancando respostas dele como um dentista puxa dentes, um momento doloroso de cada vez. A amizade de Willow o ajudou naquele fim de semana e, desde então, a família dela se tornou uma segunda família para ele.

Logan deu a volta para o lado de Stella na caminhonete e a ajudou a descer.

— Linda, você usa tensão como uma segunda pele, e por uma boa razão, mas...— Ele a abraçou. Seu corpo permaneceu rígido contra ele. Ele colou os lábios nos dela, forçando-a a abrir a boca com a língua em um beijo molhado e desajeitado que fez os dois rirem.

Ela riu enquanto limpava a boca.

— Foi como um beijo de filme ruim do Jim Carrey.

— Te fez relaxar, não foi? Eu te compenso mais tarde. — Ele segurou sua mão mais relaxada, feliz por ela ter rido e afastado a tensão.

— Pode apostar que vai — ela murmurou.

Sinos soaram acima deles quando entraram na padaria e foram atingidos por um aroma açucarado que fez Logan salivar.

— Ah, meu Deus. Acho que quero morar aqui e sentir o cheiro disso o dia todo — Stella falou em voz baixa.

A cabeça de Willow apareceu por trás de um dos balcões de vidro.

— Logan! — Ela praticamente escalou o balcão para chegar até ele.

Ele olhou para a entrada em arco que levava à floricultura de Bridgette para ver se seria atacado de ambas as direções, mas não viu a outra moça. Elas adoravam ataca-lo juntas e derrubá-lo.

— Logan! Querido, senti sua falta. — Willow jogou os braços ao redor dele e beijou-o bem nos lábios, em seguida abriu um largo sorriso para Stella e puxou-a para um abraço igualmente entusiasmado. Willow tinha vinte e poucos anos, era alta e curvilínea. Tinha uma grande personalidade rivalizada apenas pelo tamanho de seu coração. — Você deve ser a Stella. Você é tão bonita quanto o Logan disse.

— Oi. — Stella olhou para Logan e murmurou: *Você disse a ela que sou bonita?*

Ele deu de ombros, adorando o olhar de apreciação nos olhos dela.

Willow deu um passo para trás e segurou as mãos de Stella.

— Querida, Logan nunca traz mulheres aqui, e falo sério. Eu estava preocupada que o cara acabasse sozinho em uma casa cheia de pornografia, se você me entende.

— Ei — Logan protestou sem entusiasmo.

— Não que ele não tenha todas as garotas desta cidade atrás dele. — Willow jogou a grossa trança loira sobre o ombro e cruzou os braços. — Bom, fiquei sabendo que o Logan tem que fazer umas coisas de homem e que você vai passar o dia comigo. Mal posso esperar para te conhecer melhor.

— Obrigado, Willow — Logan falou.

— Sim, obrigada. Não vou te dar trabalho. Eu poderia ter ficado na cabana dele…

— Bobagem. — Willow balançou a mão no ar. — Primeiro de tudo, por que você ficaria naquela cabana sozinha quando poderia estar aqui comigo? — Ela se aproximou e sussurrou: — Sou divertida, confie em mim. Ele contou como nos conhecemos?

— Ei, Willow. Não a leve para nadar nua.

Stella voltou os olhos maliciosos na direção dele. Deus, ele adorava ver aquela faísca em seus olhos.

— Ciúmes? Talvez possamos nadar nuas no Lago Sugar. — Stella arqueou uma sobrancelha.

Logan passou a mão no rosto.

— O que eu fiz?

Willow colocou um muffin em um saco e o entregou a Logan.

— Vá em frente. Vá fazer suas coisas de homem. Nós ficaremos bem. — Ela o enxotou em direção à porta.

Ele estendeu a mão para Stella e baixou a voz.

— Você está bem? Está com o telefone que eu te dei?

— Na verdade, estou bem agora. E estou com o telefone. — Ela o abraçou e sussurrou: — Obrigada.

Ele não resistiu em dar-lhe um beijo suave.

— Ah, meu Deus. Saia daqui antes que ela fique com os olhos arregalados. Vou conhecer essa garota e me certificar que você não é uma influência muito ruim para ela. Vá. — Willow o enxotou novamente.

AO MEIO-DIA, STELLA sentia-se mais confortável do que desde que deixara Mystic. Willow era fácil de conversar, uma boa ouvinte, calorosa e maravilhosa com cada cliente que entrava na padaria. Cada pessoa tinha uma história para compartilhar: notícias de um nascimento iminente, um próximo evento de um grupo da igreja, um primo que estava passando por momentos difíceis. Havia muitos para acompanhar, e Willow ouvia atentamente, oferecia conselhos, e distribuía abraços e votos de felicidades para quase todos. Era fácil ver por que ela e Logan se davam bem. Duas pessoas para quem ajudar o próximo estava gravado em seu DNA.

Elas estavam assando biscoitos, algo que Stella não fazia há anos. Isso a fez sentir mais saudades da mãe que o usual.

— Então, como você acabou com o Logan? Tudo o que ele me disse foi que estava tentando encontrar um cara mau. Juro que ele é como um super-homem moderno. — Willow pegou uma fornada de biscoitos e colocou outra bandeja dentro do forno.

Ela sentiu que poderia se abrir com a moça e, mais importante, queria isso. Já se sentia como se fossem amigas, e Stella não tinha muitos amigos nos dias de hoje.

— Isso vai soar como se eu fosse uma garota fraca e patética, mas, na verdade, não sou. — Stella não queria a pena de ninguém e, embora sentisse que Willow não teria, ainda sentia a necessidade de esclarecer.

— Querida, somos todas garotas fracas. Você conhece aquele ditado *uma mulher de verdade pode fazer as coisas sozinha?* Bem, eu concordo com a próxima parte também. *Mas um homem de verdade não vai deixá-la fazer nada só.* Caramba, se eu tivesse um homem como o Logan, arrumaria confusão de propósito só para deixá-lo me salvar.

Stella sentiu o queixo cair.

Willow terminou de abrir a massa antes de erguer os olhos para Stella.

— Ah, Deus. — Ela limpou as mãos no avental. — Não estou interessado no Logan. Eu não quis dizer...

— Não é nada disso. — Stella afundou em uma cadeira. — Acabei de perceber enquanto te ouvia falar que nem sei mais *como* agir normalmente. Não tenho uma amiga com quem conversar há meses e não sei como reagir às coisas. Por causa da minha vida, sinto que devo ser uma mulher durona, malvada e forte. Quero dizer, eu realmente tenho que ser assim ou meu ex-namorado maluco pode me encontrar e me matar. *Literalmente.*

Mas quando ouço você falar, quero ser aquela garota de novo. Quero falar sobre como é divertido estar com o Logan e como ele é incrivelmente atraente. E quero tanto que minha maior preocupação seja se ele vai chegar atrasado para um encontro. — Ela sentiu as lágrimas arderem em seus olhos enquanto Willow se agachava ao seu lado.

Stella percebeu que havia desabafado completamente sem nem pensar nisso. Ficou aliviada ao ver empatia nos olhos de Willow em vez de pena, e era impotente para impedir que a verdade viesse à tona.

— Não sei nem classificar o que somos juntos. Ele está me resgatando. — Quando as palavras saíram de seus lábios, pareciam erradas. Mas tinha medo de acreditar no que sentia e no que ele dizia sentir. Em mais dois dias, Kutcher estaria solto, e só Deus sabia quanto tempo levaria até que ele a encontrasse. Ela não conseguia nem suportar a ideia.

— Em primeiro lugar, o Logan não vai deixar nenhum ex psicopata se aproximar de você e, querida, não é assim que ele resgata alguém. — Willow abraçou Stella, que não conseguiu conter a enxurrada de lágrimas que vinha se acumulando dentro dela há meses. — Eu o conheço há alguns anos. Nunca vi o Logan com uma mulher pela qual se importasse, porque não houve nenhuma. Ele mantém distância profissional de seus clientes e definitivamente *não* os traz aqui para Sweetwater.

Willow tocou de leve o ombro de Stella.

— Esta é o segundo lar do Logan. Ele valoriza este lugar tanto quanto nós. Só há uma razão para que ele te trouxesse aqui. Ele não está te resgatando, querida. Ele está se apaixonando por você.

Capítulo doze

ENTRE AS INFORMAÇÕES que Logan tinha sido capaz de reunir por meio de suas fontes ontem e as ligações que fez a caminho de Connecticut depois de deixar Stella com Willow, ele sabia exatamente onde encontrar Bob Kanets. Kanets havia passado mais tempo na prisão do que fora em seus trinta e oito anos. Havia criminosos inteligentes, aqueles que sabiam como burlar o sistema, como cobrir a própria pele e deixar que outra pessoa assumisse a culpa quando a polícia estava em seu encalço.

E havia caras como Kanets. Homens que ficavam em becos escuros, vendiam drogas em plena luz do dia e lutavam como cães quando eram pegos, o que só piorava a situação. Ele havia saído da prisão há oito semanas e voltado direto para o caminho que o levou até lá em primeiro lugar: o tráfico de drogas nos arredores de Mystic.

Logan estava sentado no carro que havia alugado quando chegou em Mystic, do outro lado da rua do armazém abandonado onde Kanets era conhecido por traficar. O lugar parecia com todos os pontos de drogas sórdidos retratados em filmes de baixo orçamento. Era um prédio escolar abandonado de tijolos vermelhos, com metade das janelas tapadas com tábuas, a outra metade quebrada, deixando buracos negros como dentes faltando em uma boca antiga. A hera serpenteava pelo lado esquerdo do prédio, subindo e entrando pelos buracos. Dois aparelhos de ar-condicionado que não funcionavam pendiam das janelas do último andar, sujos e marcados pelo tempo. Degraus de concreto levavam a entradas em extremidades opostas da frente do prédio.

De seu ponto de observação, Logan viu marcas de pés em cada entrada. As paredes brancas do interior estavam manchadas de sujeira e pichações coloridas. Metade dos degraus à direita estavam enterrados sob ervas daninhas. A entrada à esquerda estava livre de vegetação, mas cheia de vidros quebrados e latas. Ele já tinha verificado a parte de trás do prédio, onde havia uma entrada coberta com teias de aranha desde o corrimão até a parede. Havia espessa camada de sujeira, sem pegadas, cobrindo os degraus. Ninguém tinha passado por aquela entrada, pelo menos não recentemente. Ele estava vigiando o prédio por uma hora e meia. Tinha visto dois caras entrarem e só um sair. Logan estava aguardando o momento certo.

Ele verificou o telefone e presumiu que não receber mensagens de Stella era um bom sinal. Sabia que ela estava em boas mãos com Willow. A moça e sua família o abraçaram como se ele fosse parte de seu clã, e ele sabia que fariam o mesmo com Stella.

Stella. Ela apareceu em sua vida do nada e se infiltrou sob sua pele sem nem mesmo tentar. O destino devia ter estado a seu favor quando completou sua missão em Memphis mais cedo. Se não estivesse na cidade, só Deus sabia o que teria acontecido com Stella naquela noite no bar. Sua pele se arrepiou só de pensar nas possibilidades.

Seu telefone piscou com a ligação de um número desconhecido, mas ele deixou cair na caixa postal. Precisava se manter focado em colocar as coisas sob controle para Stella. Ele ligou para Marco e confirmou que Winters ainda estava se comportando. Quando encerrou a ligação, o cara magro de cabelos compridos que ele tinha visto entrar no prédio mais cedo saiu. O cara enfiou as mãos nos bolsos e seguiu com os olhos fixos no chão.

Logan verificou sua arma e deslizou-a no coldre de ombro por baixo da camisa de flanela que usava aberta sobre uma camiseta amassada. Tinha trocado suas roupas de boa qualidade para não chamar atenção. Havia enterrado os dedos no cabelo e o bagunçado. Entre a barba por fazer, os cabelos despenteados, as roupas amassadas e tênis rasgados e sujos, ele deveria se encaixar perfeitamente com os clientes habituais de Kanets.

Saiu do carro alugado, de cabeça baixa, com os olhos focados, e contornou a lateral do prédio, que parecia tão sórdida quanto a fachada, e então entrou no prédio tão silenciosamente quanto o vento, subindo as escadas em direção ao segundo andar, onde ele tinha visto Kanets mais cedo através de uma das janelas que faltavam.

Deu uma olhada furtiva na sala antes de se encostar na parede do corredor. Em dois segundos, notou o cabelo loiro e emaranhado de Kanets, seus ombros magros e corpo esguio enquanto ele andava de um lado para o outro perto da janela quebrada, com uma pistola na parte de trás da calça. A sala estava vazia, exceto por uma mesa de metal amassada encostada na parede. Era praticamente certo que Kanets tinha drogas com ele. A posse de drogas e arma durante a liberdade condicional significaria uma pena mínima de cinco anos.

Logan tinha feito sua marca.

Ele enfiou as mãos nos bolsos, abaixou a cabeça e cambaleou para dentro da sala. Kanets girou.

— Você é Kanets? — Logan falou em um tom entediado.

— Quem quer saber? — Kanets olhou depressa ao redor da

sala, enquanto Logan casualmente diminuía a distância entre eles, dando de ombros.

— O Kutcher me mandou. — Logan manteve a cabeça baixa, o que ia contra tudo o que já havia aprendido, mas ele sabia como bancar o rato assustado.

— Legal. Mal posso esperar até que ele esteja fora para cuidar das próprias merdas. Do que você precisa?

— Só um pouco de *blast*, cara. O Kutcher disse que você tem. — *Blast* era o termo de rua para cocaína em pó injetável, que era o ganha-pão de Kanets.

O traficante ergueu o queixo em direção à mesa.

— Na gaveta.

Logan observou os bolsos de Kanets, notando a protuberância reveladora. Ele tinha quase certeza de que o homem tinha drogas consigo, o que tornaria isso muito mais fácil do que tentar pegá-lo com drogas na sala. *Idiota.* Logan caminhou em direção à mesa e, como se fosse uma deixa, Kanets se aproximou. O investigador esperou que Kanets se posicionasse atrás dele. No segundo seguinte, Logan torceu o braço direito de Kanets para trás das costas, pressionando o rosto dele contra a mesa de metal.

— Você pode agradecer ao Kutcher — Logan grunhiu entre os dentes cerrados enquanto pegava a pistola do homem e a enfiava na parte de trás da própria calça.

— Que merda é essa? — Kanets gritou.

Logan o deixou tagarelar. Ele era burro o suficiente para se enforcar sozinho.

— Filho da puta. O que ele pensa? Que estou traindo ele? Que idiota.

— Ele é um babaca. — Logan quase sentiu pena de Kanets. *Ele* era um idiota.

— Puta merda, ele é um idiota mesmo. Não estou traindo ele. Leve as drogas, cara. Pegue o dinheiro. Está no meu bolso. Pegue tudo. Não dou a mínima.

— Se eu quisesse as drogas, você estaria morto e eu já teria ido embora.

— O quê? — A voz de Kanets falhou. — Não, não, não. Filho da puta. — Seu corpo começou a tremer. — Não, cara. Não me mate. Vou conseguir o dinheiro para ele. Cada centavo.

Bingo.

— Só um tolo tentaria enganar o Kutcher. — Logan pressionou o cano da arma com mais força contra a cabeça de Kanets. Ele se contorceu, tentando se livrar do aperto de Logan. *Continue tentando, idiota. Você não vai a lugar nenhum tão rápido.*

— Ei, cara. Espere. Espere, cara. Eu tenho... tenho... uma ideia.

Aposto que tem.

— Vou te dar o dinheiro dele. Sim, isso mesmo. As drogas também. Aí você pode ir embora e vendê-la. Deve ser mais do que ele está te pagando para me matar.

— Cale a porra da boca. Sou um investigador particular. Não estou com o Kutcher. Estou indo atrás dele.

— Puta merda, cara.

— Cale a boca. — Isso estava sendo fácil demais. Ele estava completamente nas mãos de Logan. — Aqui está o que vai acontecer. Vou te levar até a delegacia e você vai contar para aqueles filhos da puta tudo o que sabe sobre o Kutcher. O tráfico que ele dirige de dentro da prisão, quem são seus clientes, a merda toda.

Depois que a polícia desistiu de procurar o assassino de seu pai, Logan perdeu muito do respeito que tinha pelos homens de farda, mas ainda lhe restava uma parcela de confiança. O suficiente para saber como jogar o jogo quando estava na presença deles. Além disso, Logan fazia as coisas à sua própria maneira.

— Entendeu? — Logan torceu o braço do homem para passar sua mensagem.

— Não vou voltar para a cadeia. De jeito nenhum. Você pode me matar.

— Que pena. Eu até gostei dessa camiseta. Acho que posso lavar o sangue. — Ele soltou um suspiro entediado e Kanets se debateu com mais força.

— Espere!

Logan pressionou o rosto de Kanets contra a mesa novamente.

— Você está pronto para jogar, ou quer morrer? Meu dedo no gatilho está coçando muito. Vou conseguir a porra de um acordo judicial para você por delatar o Kutcher, mas se você vacilar... — Logan se inclinou e falou em um tom ameaçadoramente baixo. — Terei grande prazer em te matar.

— Tudo bem. Tudo bem. Farei isso.

— Mais alto. Você vai fazer o quê? — Logan exigiu.

— Vou dedurar, cara. Vou contar tudo.

— Bom garoto, porque posse de drogas e arma de fogo em liberdade condicional é uma merda pesada. E essa... — Ele bateu na cabeça de Kanets com a arma. — Essa é a única alternativa que você tem.

Capítulo treze

STELLA EMBALOU uma dúzia de muffins para um cliente e registrou sua compra. Depois de ter desabafado com Willow, seguido por um breve choro de constrangimento, foi forçada a reencontrar seu equilíbrio. Willow não permitiu que ela se afundasse por mais de alguns minutos. Ela colocou as mãos nos quadris generosos, olhou com firmeza para Stella e disse: *Querida, tem um homem incrivelmente sexy lutando pela sua vida, uma garota engraçada aqui, pronta para se divertir um pouco, e você quer desperdiçar sua energia com constrangimento? Vá em frente, mas eu vou comer um cupcake.* Ela começou a dar a maior mordida que Stella já tinha visto em um cupcake branco com cobertura rosa. Depois de terminar aquele, Willow lambeu cada dedo e pegou outro.

— É melhor você pegar o seu rapidinho. Caso contrário, todos vão acabar. Confie em mim, essa garota come bem. — Willow comeu metade do segundo cupcake em uma mordida e deu um sorriso enorme.

Isso foi várias horas atrás e, desde então Stella havia se divertido muito ajudando os clientes e assando, que quase se esqueceu de Kutcher. Quase. O problema era que ela não havia se esquecido de Logan e, toda vez que sua mente se voltava para ele, a moça se lembrava de onde ele estava. E então ela se sentia um pouco enjoada, até a padaria ficar movimentada novamente e desviar seus pensamentos.

Depois de registrar os muffins, ela foi ajudar um jovem casal que estava esperando, mas Willow saiu da cozinha, deu um tapinha em seu ombro enquanto passava rapidamente e foi atendê-los antes dela. Agora, com um momento para pensar, a mente de Stella voltou para Logan. Ele não havia contado o que ia fazer. *Coisas importantes de investigador particular* poderiam significar qualquer coisa. Ela o imaginou com todos os tipos de equipamentos caros, explorando… O quê? Kutcher estava preso, prestes a sair em dois dias. Seu estômago apertou novamente. Não tinha ideia do que Logan estava fazendo, mas o viu carregar duas mochilas para a caminhonete quando estavam se preparando para partir. Ela esperava que, seja lá o que ele fosse fazer, estivesse seguro.

Uma mulher loira e alta, com cachos selvagens passou pelas portas, fazendo com que os sinos tilintassem freneticamente. Ela usava uma saia longa esvoaçante, e uma blusa justa que a fazia parecer mais jovem do que seus olhos sábios transmitiam.

— Uau! Que dia glorioso! — A mulher colocou uma caixa no balcão com um baque alto e empurrou seus cachos saltitantes para longe do rosto. Ela estreitou os olhos para Stella, mudou o olhar curioso para Willow, e depois de volta para Stella.

— Essa é a Stella, mãe — Willow disse de onde ela estava curvada atrás do balcão, pegando cookies da vitrine e colocando-os em uma caixa para o casal.

Mãe?

Os olhos da mãe de Willow se arregalaram e um sorriso caloroso apareceu.

— Ah, querida. — Ela fez um gesto para que Stella contornasse o balcão. — Venha aqui. Deixe-me vê-la. — Willow obviamente herdou sua energia elevada.

Stella contornou o balcão nervosa. Tinha a sensação de que estava prestes a ser examinada e não tinha certeza se estava pronta para isso, mesmo com toda a diversão que teve com Willow.

— Oi, sra. Dalton. Eu sou… — Ela hesitou por hábito, e percebeu que Willow já sabia seu nome verdadeiro e já havia revelado para sua mãe. Logan devia realmente confiar neles para compartilhar sua verdadeira identidade. Não tinha certeza de por que não percebeu isso antes. Provavelmente porque Willow a fez se sentir confortável.

— Stella Krane. Prazer em conhecê-la.

A mãe de Willow acenou com a mão em desaprovação.

— *Pfft*. Me chame de Roxie, querida. O único que pode me chamar de sra. Dalton é… Bem, não consigo pensar em uma alma por aqui. — Ela puxou Stella para um abraço, apertando-a com tanta força contra o peito que ela mal conseguia respirar.

— Então você é a garota do Logan. Bom homem, esse Logan Wild. — Ela segurou a mão de Stella e a conduziu até uma das mesas perto da janela.

Stella lançou um olhar furtivo para Willow, que estava registrando a compra do casal. A moça deu de ombros e sorriu, como se isso fosse normal por aqui. Stella se mexeu desconfortavelmente em sua cadeira. *A garota do Logan?* O que ele havia dito a elas?

Roxie se inclinou sobre a mesa e pegou as mãos de Stella.

— Ah, querida. Que problema é esse que vejo surgindo em seus olhos?

Sou tão transparente?

Roxie deu um tapinha na mão de Stella. O casal deixou a padaria, fazendo os sinos soarem novamente. Stella olhou para a porta, para Willow, para todos os lugares, exceto nos olhos da leitora de mentes calorosa e amigável sentada em frente a ela.

— Não me diga, queria. Apenas saiba que, seja o que for, se precisar conversar, Willow e eu estamos aqui. Qualquer amiga do Logan é nossa amiga.

Willow ficou ao lado da mesa segurando a caixa que a mãe havia colocado no balcão.

— Mãe, tenho sabão suficiente. Vou dividir com a Bridge.

Roxie soltou as mãos de Stella e se levantou.

— Bobagem. Não se pode ter sabão suficiente.

Willow revirou os olhos.

— A minha mãe faz seu próprio sabão, e outras loções e fragrâncias incrivelmente deliciosas.

— Eu vi o carro da mamãe? — Outra loira alta, com um garotinho apoiado em seu quadril, passou pelo arco que levava à floricultura. Stella percebeu que era Bridgette, a irmã mais nova de Willow. A moça havia elogiado a irmã e seu filho de três anos, Louie. As únicas semelhanças entre elas eram seus sorrisos amigáveis e olhos verdes. O cabelo na altura dos ombros de Bridgette era ondulado e espesso, com vários tons de loiro e castanho, enquanto o de Willow era loiríssimo, e sua trança pendia quase até a cintura.

— Aqui está meu garotinho. — Roxie estendeu os braços para Louie.

— Vovó Roxie! — Ele passou os bracinhos ao redor do pescoço dela e a abraçou com toda a força. A mulher olhou por cima do ombro para Stella. — Prazer em conhecê-la, Stell. Vou levar meu garotinho para a floricultura e ver o que ele tem feito por lá.

Stella sentiu uma pontada no coração com a cena que se desenrolava diante dela. Ansiava por ver a mãe, saber como ela estava se sentindo e sentir seu abraço.

Não faz sentido ansiar por algo que talvez nunca mais possa fazer.

Como tantas vezes antes, afastou os pensamentos sobre a mãe e se concentrou em Willow e sua família. Bridgette era menos animada e muito mais magra que a curvilínea irmã mais velha, embora as duas fossem igualmente bonitas.

Bridgette colocou a mão na caixa e Willow a fastou dela, com um sorriso travesso.

— Willow! — Bridgette sorriu para Stella e revirou os olhos, como se fosse uma batalha familiar. — Oi. Eu sou a Bridgette, e aquele macaquinho era meu filho, Louie.

Stella retribuiu o sorriso.

— Oi, eu sou a Stella. Uma amiga do Logan.

As duas irmãs trocaram um olhar que revelava segredos. Stella sentiu uma pontada de saudade novamente. Invejava a energia entre as duas garotas, o que a fazia ansiar por amizades. Tinha se tornado especialista em ignorar sua solidão, mas estar aqui com Willow hoje trouxe tudo à tona.

Bridgette a avaliou com um olhar atento.

— O quê? — Stella perguntou com um leve tom de confusão.

— O Logan não traz *amigos* aqui — a moça respondeu. — Conhecemos um dos irmãos gatos dele, mas fora isso, ele vem sozinho.

— Ela é namorada dele — Willow disse com um ar de confiança. Quando Stella abriu a boca para responder, a moça entregou a caixa para a irmã e ergueu a mão para Stella. — Nem tente negar.

— Não quero me meter nisso, mas você poderia ter escolhido alguém muito pior que o Logan. Ele é o cara mais legal por aqui e bonitão também. — Bridgette deu uma olhada na caixa.

— Pegue o que quiser e vou colocar o resto na despensa para que possamos dividi-los, Will.

Willow pegou algumas barras de sabão da caixa. A porta se abriu atrás delas e todas se viraram. Os olhos de Logan se concentraram em Stella. O pulso dela acelerou quando ele colocou a mão em seu quadril e a beijou de leve. Ela olhou para Willow e Bridgette, e as duas estavam sorrindo.

Elas se entreolharam e disseram ao mesmo tempo:

— Definitivamente a namorada dele.

Stella sentiu as bochechas esquentarem e captou o olhar confiante, *ou seria orgulhoso?*, de Logan. A ideia de que ele estaria orgulhoso de estar com ela fez seu estômago se revirar de novo.

— Foi feita alguma aposta e, se sim, quem perdeu? — Os lábios de Logan se curvaram em um sorriso diabólico.

— Ela. — Bridgette acenou para Stella antes de abraçar Logan. — Bom te ver.

Louie entrou correndo na padaria com Roxie atrás.

— Logan! — O garotinho alegre se jogou nos braços de Logan.

— Ei, amigão. Como vai? — Tudo em Logan suavizou quando seus braços envolveram o menino em um abraço protetor e amoroso.

— Você me trouxe alguma coisa? — Louie perguntou.

Bridgette tocou as costas do filho.

— Louie, isso não é legal.

— Mas ele sempre traz coisas para mim — Louie disse enquanto tocava a bochecha de Logan com a mãozinha gordinha. — Não é?

Logan desviou os olhos para Bridgette, esperando silenciosamente por aprovação, e o gesto atencioso fez com que o coração de Stella se abrisse ainda mais para ele. Ele era tão diferente do homem que ela achou que ele era quando o viu pela primeira vez, e isso a fez perceber como eram semelhantes. Os dois pareciam ser o que não eram. Enquanto observava Logan dar a Louie um maço de figurinhas de beisebol que ele tinha escondido no bolso, e depois se agachar ao lado do menino enquanto ele os abria, Stella quis saber tudo sobre o homem. Como ele era tão destemido quando claramente tinha um lado igualmente amoroso e forte? Por que a conexão deles era tão poderosa? E o que ele tinha feito hoje que o deixou tão relaxado?

— Vamos, amiguinho. Temos que voltar para a floricultura — Bridgette falou enquanto segurava a mão de Louie. Eles se despediram de Stella e Logan e desapareceram por onde vieram.

Logan colocou a mão na parte inferior das costas de Stella como se fosse a coisa mais natural do mundo. Ela se aproximou, começando a acreditar nisso. Ele sorriu enquanto envolvia a cintura dela para puxá-la mais para si.

— Obrigado por deixar a Stella passar o dia aqui — Logan disse para Willow.

— Nós nos divertimos, não foi, Stella?

Ela assentiu, tentando ignorar os pensamentos rápidos e perturbadores que estavam surgindo em sua mente. Faltavam menos de quarenta e oito horas para que Kutcher fosse solto. Tinha conseguido escapar hoje em meio à agitação da padaria, mas agora não havia como forçar a realidade a se afastar. Queria fingir, só por mais um tempo, que estava tudo bem. Que era uma garota normal que vivia uma vida normal, como tinha feito hoje. Ela queria apenas algumas horas a mais nesta cidade amigável antes de sentir medo novamente.

LOGAN SE SENTOU em frente a Stella em um restaurante aconchegante na periferia da cidade, tentando ler as emoções conflitantes que tomavam conta de seu rosto. Ela não tinha comido muito do jantar e estava empurrando os legumes pelo prato com o garfo.

— Então, você acha mesmo que esse tal de Kanets vai delatar o Kutcher? Ainda não entendo como isso pode ajudar. Ele está saindo da prisão, lembra?

Logan estendeu a mão sobre a mesa para pegar a dela, mas pensou melhor e saiu da cabine para se juntar a ela no banco. Passou um braço sobre o ombro dela e a puxou para perto, precisando acalmar sua preocupação, mas sabendo que não podia garantir nada.

— Tomei todas as medidas para fazê-lo falar, e se isso não acontecer, ele irá para a cadeia por um tempo ainda maior por posse de drogas e armas de fogo em liberdade condicional.

— Se ele vai para a cadeia de qualquer maneira, por que delataria o Kutcher? — Stella mordiscou o lábio inferior.

— Porque ele vai passar muitos anos sem poder fazer um acordo judicial. Um dia na prisão é como um mês no mundo livre. Tenha fé em mim, Stella. — Logan acariciou sua bochecha e passou o polegar sobre seu lábio inferior. Ela o seguiu com a língua.

Ele encostou o rosto no dela.

— Senti muito a sua falta hoje. Se você continuar parecendo sexy e fofa, vou ter que te beijar, e posso não parar com um beijo.

— Também senti sua falta e odeio quando você para com

apenas um beijo.

Seus lábios se encontraram em um beijo urgente e exigente. Ele passou a mão por sua coxa por baixo da mesa e engoliu o doce gemido que escapou de seus pulmões. Ela agarrou o pulso dele e moveu a mão para cima. O calor permeou o jeans áspero. Ele entrelaçou a outra mão no seu cabelo e aproximou a boca de seu ouvido.

— Quero estar dentro de você. — Sua língua seguiu a curva da orelha dela, e ele sugou o lóbulo sensível. Logan pensou nela o dia todo, e a antecipação prolongada era insuportável. Ele a queria em seus braços, nua debaixo dele.

Ele deu uma olhada rápida na frente do restaurante quase vazio. Ele a tomou em outro beijo arrebatador e não conseguiu esperar mais um segundo. Saiu da cabine e a puxou para ficar de pé, arrastando-a para o corredor estreito nos fundos do restaurante que levava aos banheiros e a prendeu contra a parede. Suas bocas se encontraram em outro beijo punitivo. Seu pau pulsava enquanto ela se arqueava para ele e guiava sua mão entre suas pernas novamente.

— Caramba, Stella. Você quer isso — ele grunhiu. Um fio de culpa serpenteou em seu corpo, e ele recuou. Ela estava respirando com dificuldade; uma mão agarrava sua bunda, a outra, seu peito. Ele não seria um daqueles caras que a fazia se sentir barata ou usada, e não ia se forçar sobre ela.

— Baby, me diga o que você quer. Quer voltar para a cabana? Quer que eu recue? O que você quer, linda? — Ele recuou alguns centímetros, e ela o puxou para mais perto.

— Banheiro. — Ela tateou a porta e o puxou pela camisa até o banheiro masculino.

Logan trancou a porta e a encostou contra a parede.

— Tem certeza? — ele perguntou contra os lábios dela.

— Cala a boca e me beija.

Suas bocas se encontraram novamente. Ela lutou com a calça jeans dele quando ele abria a dela e enfiava a mão por baixo da calcinha. Stella segurou o pau que pulsava, enquanto ele enfiava os dedos entre suas pernas.

— Ah, caramba, linda. Você está tão molhada.

Ele mergulhou a língua em sua boca enquanto conduzia os dedos em seu calor aveludado, e ela o acariciava. Logan usou o polegar para levá-la ao limite, querendo fazê-la gozar antes de estar dentro dela. Em segundos, Stella inclinou a cabeça e fechou os olhos. Ele capturou seus gritos de prazer em sua boca.

— Essa é a minha garota.

Ele puxou a calça jeans para baixo e a levantou facilmente em seus braços e a abaixou em seu pau.

— Puta merda, você é tão gostosa.

— Logan. — Seu nome saiu como um apelo.

— Se segure em meus ombros.

Ela obedeceu, e ele a penetrou com força, uma estocada poderosa após a outra, enquanto ela cravava as unhas nele.

— Mais forte, Logan. Me come mais forte.

— Ah, linda.

Ele a levantou de seu membro dolorido e a virou de frente para a pia, abrindo mais suas pernas. A beleza bem torneada de sua bunda macia quase o levou ao limite. Ele se ajoelhou, precisava provar seu doce mel antes de penetrá-la novamente. Ele abriu suas nádegas e enfiou a língua em seus lábios escorregadios.

— Oh. Logan.

Ele lambeu seu sexo inchado até que sua respiração acelerar e Logan poderia dizer que ela estava prestes a gozar. Em um movimento rápido, ele se ergueu completamente e a penetrou com seu pau duro. Segurando seus ombros para manter o equilíbrio, ele a estocou, tomando-a com força, incapaz de se segurar por mais um segundo. Os dois queriam isso. Na verdade, eles precisavam disso. Ela era tão safada quanto ele, só que sua malícia estava envolta em amor, e ele faria de tudo para amá-la para sempre, se ela permitisse.

— Logan — ela gritou, arranhando a bancada.

Ele a penetrou enquanto seus músculos internos se contraíam. O calor se acumulou em seu ventre, aumentando, engrossando, provocando. Outra estocada profunda o puxou para baixo, e ele grunhiu enquanto seu próprio clímax intenso o invadia.

Quando o último tremor de prazer o percorreu, ele a abraçou. Ela olhou para ele com o olhar de confiança que ele tinha visto na noite passada e novamente esta manhã. Cada vez que seus olhos se conectavam, seu coração dava voltas no peito. Logan sabia que isso era real. Tão real quanto qualquer coisa que ele já tivesse conhecido. Tão real quanto derrubar o inimigo em suas missões SEAL. Tão real quanto matar o assassino de seu pai. A adrenalina o percorreu, como havia acontecido aquelas outras vezes, junto com algo mais profundo, algo que preenchia os buracos que essas outras coisas haviam deixado para trás. Superando as sombras de seu passado e dando-lhe esperança para o futuro.

Ele ajudou Stella com a calça dela, depois ajeitou a sua, antes de dar um longo beijo em sua testa e tomar seu lindo rosto. Logan estava cansado de lutar para manter seus sentimentos sob controle. Não pôde resistir - não queria negar - dizer a ela como se sentia.

— Eu te amo, Estela. E não importa qual seja o custo, vou te manter segura.

Ela fechou os olhos por um momento, e o ar entre eles mudou, ficou mais frio. Sua mandíbula se apertou. Seu aperto no braço dele diminui e ela desviou o olhar.

— Não me ame, Logan. Não suportaria te perder também.

— Stell…

Ela saiu pela porta antes que ele pudesse dizer outra palavra.

Capítulo catorze

ELES VOLTARAM para a cabana em silêncio. Stella estava perdida em uma batalha privada e torturante. Ela achava que podia se permitir amar Logan. Sentia tudo o que ele sentia. Quando ele fazia amor com ela, reivindicando-a com toda a sua força e paixão, ela queria dizer a ele que também o amava. Não havia como negar a conexão poderosa eles. Mas a moça não podia negar que amanhã teria apenas vinte e quatro horas antes que Kutcher saísse da prisão novamente, e ela se recusava a deixar Logan amá-la quando talvez não pudesse estar por perto para retribuir a esse amor.

Sentiu os olhos de Logan sobre si enquanto olhava pela janela para a escuridão. Não teve coragem de olhar para ele. Ele a entendia melhor que qualquer outra pessoa em sua vida. Ele sabia quando ela precisava ser abraçada, quando deixá-la chorar, quando amá-la com força. Stella sabia que ele a amava porque sentia isso em cada toque, cada beijo, via em cada olhar. Com Logan, podia ser quem era, sem máscaras ou fantasias, sem falsa bravata. Ao lado dele, se sentia completa, mas isso não era justo com ele.

Quando ele estacionou na cabana, ela saiu depressa da caminhonete, para que ele não pudesse abrir a porta para ela. Sabia que teria que olhar em seus olhos, e não suportaria ver a tristeza que se reunira ali quando ele subiu na caminhonete no restaurante. Se o fizesse, ela se apaixonaria e se esqueceria quem era novamente, e isso era muito perigoso. Não a pessoa que costumava ser, aquela que Logan estava revelando rapidamente, mas a pessoa que tinha sido nos últimos meses. A garota arruinada. A presa de Kutcher.

Ele estendeu a mão enquanto subiam os degraus. O arquear de seus ombros revelava sua tristeza. Como ela tinha o poder de esmagar um homem tão forte? Mais importante, como sobreviveria a outro dia quando seu próprio coração estava se despedaçando dentro do peito? Talvez tivesse sorte e morresse de coração partido. Isso era preferível a morrer nas mãos de Kutcher.

Logan jogou as chaves na bancada e se sentou em uma cadeira sem acender as luzes.

Bom.

A escuridão era uma máscara.

Ela precisava de uma fantasia completa para passar esta noite.

Ele passou as duas mãos pelo cabelo e inclinou a cabeça para trás com um suspiro.

Stella não sabia o que fazer, onde sentar, onde ficar. Suas pernas pareciam de chumbo e ela se sentia destruída.

— Sei que não estou sendo justa com você. — Não tinha planejado as palavras, mas saíram como se tivesse, com um ar de verdade. Quando Logan não abriu os olhos ou olhou em sua direção, ela continuou. — Você virou sua vida de cabeça para baixo por mim, Logan, e foi muito bom para mim. — *Bom demais para mim.*

Ele cruzou os braços, afastou os joelhos e abaixou o queixo no peito, fixando um olhar penetrante na mesa de centro.

A moça queria que ele voltasse aqueles olhos para ela. Como

poderia sentir falta do que não era seu? Era ela quem o estava afastando e queria desesperadamente vê-lo sorrir de novo, ver o fogo em seus olhos que esteve lá nos últimos dois dias.

Em vez disso, foi respondida com silêncio e mandíbula cerrada.

Engoliu a vontade de se esconder debaixo das cobertas no outro quarto e se agachar para um inverno longo e frio como um urso na floresta.

— Eu baixei minha guarda, Logan.

A voz dela soou frágil. Há uma hora, isso o teria feito se levantar e ele a teria tomado em seus braços, dizendo a ela que tudo ficaria bem. Mas ele desnudou sua alma e ela lhe deu as costas. A compreensão disso a deixou fraca. Stella se sentou no sofá no lado oposto da sala.

— Me permiti me aproximar muito de você, mas isso não é justo, e sinto muito. Você não merece isso. — Stella lutou contra o desejo de deixar de lado o que poderia acontecer e se desculpar com Logan. Se entregar a ele completamente. Se deitar debaixo do corpo dele e deixá-lo amar seu coração de volta. Se aconchegar em seus braços, pedir sua força emprestada, acreditar em suas palavras e permitir-se ser amada do jeito que costumava ansiar... do jeito que sonhou em ser amada por Logan. O tipo de amor para sempre.

— O que foi aquilo no restaurante, Stella? Você estava transando com outro cara? Porque você me disse que não era assim. — A voz dele estava calma, mas as palavras eram mordazes.

— Não. Eu juro, Logan. Eu senti tudo o que você sentiu.

Logan ficou em silêncio novamente.

— Você não entende? Eu me permiti fingir. Me deixei levar pelos meus sentimentos por você e pela segurança que tenho sentido, e me permiti ter esperança. A esperança é uma coisa perigosa. Me esqueci quem sou, como minha vida é. Houve momentos hoje em que me senti normal.

Ela zombou da própria estupidez.

— *Normal.* Como se eu pudesse viver naquela simpática cidadezinha e não temer por minha vida. Como se eu pudesse ser amiga de pessoas como Willow e Bridgette, e talvez um dia ter minha própria família.

Ela apertou a mão contra a dor em seu peito, que estava queimando mais forte a cada admissão.

— Não posso fazer essas coisas, Logan. O Kutcher vai sair da prisão e me encontrará. E, desta vez, provavelmente vai me matar. — Seus membros começaram a tremer. Ela ofegou com sua admissão. — Ele... Ele me esfaqueou, Logan. Duas vezes. Ele não vai desistir. Vai me caçar até que eu esteja fora de seu caminho, e você, de todas as pessoas, não merece viver assim. Você é um homem bom, honesto, gentil e amoroso. Merece uma mulher cuja vida não está acabada e sem salvação. Uma que saiba que em dois dias ainda estará viva e capaz de viver uma vida normal.

Ele se levantou. Quando inclinou o queixo em direção a ela, suas feições se transformaram em pedra.

— Você não precisa ter *esperança*, Stella. A esperança é para pessoas que não podem fazer nada para melhorar sua vida. Tudo o que você precisa é ter fé em mim.

Ele deu um passo em direção ao seu quarto, depois parou, falando de costas para ela.

— Vou jantar com minha família amanhã à noite. Você vai comigo. Não é um pedido nem uma opção. É o que você vai fazer para que eu possa mantê-la em segurança. Não precisa me deixar te amar. Nem precisa gostar de mim. Mas vou cuidar disso até o fim. Vou mantê-la segura. Quando soubermos que

Kutcher vai continuar atrás das grades, você terá sua vida de volta. Seja qual for a vida que você escolher.

Ele desapareceu em seu quarto. Jantar com a família dele? Ele ia jantar com a família e ela deveria ir junto? E Kutcher? E se Kanets não falasse? E se Kutcher contratasse alguém para machucá-la em vez de fazer isso por conta própria? Não, ela não podia nem se permitir pensar nisso agora. Uma coisa era facilitar a venda de drogas enquanto ele estava na cadeia, outra era contratar alguém para matá-la.

Ela realmente estava perdendo a cabeça.

E agora tinha perdido Logan também.

Capítulo quinze

EU NÃO DEVERIA TER tocado nela.

Não deveria ter feito amor com ela no banheiro.

Logan se criticou a noite toda depois de fazer contato com Marco e os caras na delegacia e descobrir que Kanets havia cedido. Era com isso que Logan contava. Agora, cabia ao sistema fazer a coisa certa: manter Kutcher atrás das grades enquanto investigavam e, eventualmente, considerá-lo culpado e estender sua sentença. Por mais que Logan quisesse explodir as portas da delegacia e exigir que terminassem o que ele havia começado, sabia que era melhor não fazer isso. Era hora de esperar e manter Stella segura. Eles tinham que estar na cidade hoje à noite para jantar com sua família, mas ele não queria que Stella ficasse lá mais que o necessário. Considerou faltar ao jantar, mas depois que o pai morreu, prometeu a si mesmo que nunca perderia uma noite com sua mãe por nada. E Logan sempre cumpria suas promessas.

Depois de uma noite ruim, ele e Stella conseguiram ser cordiais esta manhã, lidando com a tensão que atrapalhava a conversa durante o café da manhã. Ele a amava tanto que doía em todo o seu corpo. Estar no mesmo ambiente que ela era uma tortura. Ela parecia tão perturbada quanto ele se sentia, e Logan teve que escapar para a varanda apenas para ter oxigênio suficiente para respirar. Ele retornou os telefonemas para se distrair dos problemas entre eles e revisou suas anotações sobre Kutcher para se certificar de que não perdeu nada. Logan nunca perdia as coisas.

Mas agora, horas depois, depois de vasculhar o quintal para matar o tempo e cortar mais lenha que jamais precisaria, ele sentia muita saudade de Stella. Sentia falta de sua risada, o som de sua voz, a sensação de dedos dela nos seus.

As sombras se arrastavam sobre suas costas enquanto o sol da tarde mergulhava abaixo da linha das árvores. Logan baixou o machado com força, partindo a placa de madeira bem no centro com um som alto. Seu corpo reluzia com o esforço. Ele preparou outro tronco e recuou, fincando as pernas na terra e brandindo o machado pela centésima vez naquela tarde. Ainda não tinha conseguido dissipar a frustração que se enrolava em cada um de seus músculos.

Olhou para a cabana e pensou em pedir desculpas a Stella por ter ido longe demais na noite passada, no restaurante, mas não havia dado a ela a chance de desistir? Não estava tão cheio de luxúria a ponto de se esquecer disso, mas obviamente estava tão cheio de amor a ponto de ter interpretado mal o que a noite anterior significou para ela, apesar do que a moça havia afirmado. Ele fez amor; ela, havia transado.

Brandiu o machado mais uma vez, e o som de madeira se partindo ecoou na floresta, refletindo o partir de seu coração. Não acreditava que era só sexo para ela. Stella disse que sentia o mesmo que ele, e Logan queria acreditar nisso. Mas por que ela iria separá-los? Por que ela estava tentando protegê-lo? Ele não precisava de proteção. Ele precisava *dela*.

Limpou as mãos suadas na roupa e firmou as botas no chão novamente, incapaz de se livrar da sensação de que nada disso parecia certo. Na noite passada, não parecia como se ela estivesse apenas transando com ele, não importava as palavras que usassem, onde ou como se uniram. Não estava tão confuso a ponto de tê-la entendido mal, estava?

Partiu outro tronco, apoiou o machado no ombro e enxugou a testa com o antebraço. Nada disso importava. Não importava, por que ela não o amava ou por que ele a amava. Tudo o que importava era mantê-la segura. Isso tinha que ser uma missão agora, nada mais. E provavelmente deveria ter sido uma desde o início.

Ele estragou tudo. Essa foi a conclusão. Sabia que não devia se envolver com alguém que estava protegendo, e antes de Stella, ele era muito bom em se manter do lado certo dessa linha.

Seu telefone tocou. Ele o tirou do bolso e sorriu ao ver o nome do irmão na tela. Precisava de uma distração.

— Ei, Coop. Como está indo?

— Acabei uma sessão de fotos com ninguém menos que Siena Remington... você sabe, aquela modelo gostosa pra caramba? — Os irmãos de Logan, Jackson e Cooper, tinham uma das empresas de fotografia mais prestigiadas do mundo. Eles sempre fotografavam modelos e artistas famosos.

— A garota do Capitão Morgan?

— Sim, ela é a única. Veio com seu noivo bombeiro. Ele foi legal, até. Na verdade, eu o incluí na sessão. Ficou ótimo.

— Legal. Você vai jantar na casa da mamãe?

— Claro. É por isso que estou ligando. Você pode fazer a comida hoje? Não vou conseguir chegar lá cedo o suficiente.

— Claro. Estou na cabana, mas estarei lá.

Stella saiu da casa usando calça jeans e blusa justa. Seus olhos se encontraram e se prenderam, abrindo um caminho familiar entre eles. Logan não desviou o olhar. Quanto mais permaneciam conectados, mais difícil era se afastar e mais doía essa negação.

Ele desviou os olhos, murmurando um palavrão.

— Você me xingou? — Cooper perguntou.

— Não. Apenas cortei o dedo. Estarei lá.

— Legal. Obrigado, cara — Cooper falou. — Te devo uma.

Logan enfiou o telefone no bolso e andou de um lado para o outro, tentando não olhar para Stella. Não era de se admirar que ele tenha mantido seu coração no gelo por tanto tempo. Isso era péssimo.

Ele ouviu o som de folhas secas estalando sob os pés dela, mas não se virou para cumprimentá-la. Não ia cometer o mesmo erro duas vezes. A bola estava no campo dela, e ia ficar lá até que ela se decidisse se o queria ou não. Ele não podia mais aceitar um meio-termo. Logan queria um relacionamento sério ou nada.

— Quero ter fé em você, mas estou com tanto medo. — A voz dela deslizou sobre sua pele e derreteu o gelo que ele precisava em seu coração para permanecer indiferente. Ela colocou uma mão delicada em seu braço e andou na frente dele, olhando para cima através de cílios impossivelmente longos. Seus olhos estavam vermelhos. Ela tinha estado chorando.

Seu coração se partiu um pouco mais.

— Querer é um começo. — Ele estava nas mãos dela. Ele queria ser dela.

— Me desculpe. Não é fácil para mim. Ontem... quando nós...

— Não deveria ter te tocado daquele jeito. Fiz você se sentir suja e barata, e foi um movimento egoísta. Estava satisfazendo minha própria ganância por você. Eu só... — Ele passou a mão pelo cabelo para tentar entender por que ela tinha o poder de derreter sua alma em líquido. — Desculpe.

— Você me deu uma escolha, Logan. — A voz dela era precisa e fria.

— E você escolheu transar comigo. Eu entendo, Stella. — Ele enfiou a lâmina do machado no tronco da árvore que estava usando como suporte e foi em direção a cabana.

— Sim, Logan — ela gritou atrás dele. — Escolhi transar com você.

As palavras dela não deveriam doer. Ele era um homem, um soldado. Não deveria se importar se, para ela, o que tinham era sexo. Transou com muitas mulheres sem um segundo de remorso. Mas aquela era Stella, e ele se importava. Ele se importava muito, muito mesmo.

Ela começou a andar ao lado dele.

— Lembra quando eu disse que gostava de ser sacana com você, mas não com qualquer cara? Bem, ontem à noite eu queria transar com você, porque quando você está dentro de mim, não importa o quanto as palavras sejam sacanas, ou o quanto nossas ações sejam intensas. Tudo o que fazemos parece diferente. Parece que…

Ele parou de andar, mas não encontrou os olhos dela, com medo de que ela visse a esperança em seus olhos. Maldita esperança.

— Eu não estava apenas transando com você, Logan. Eu estava…

Ele levantou o olhar quanto o tom dela se suavizou, bem a tempo de vê-la franzir o nariz e desviar o olhar, como se estivesse se esforçando para encontrar as palavras certas.

— Trepando com amor — ela grunhiu.

— Trepando com amor? — Os ombros dele se ergueram com uma risada silenciosa.

Ela deu um tapa no braço dele.

— Sim. Trepando com amor.

— E o que é isso?

— Você sabe. Quando se está se apaixonando por alguém, mas ainda quer que ele te coma com força. *Trepando com amor.*

Ela cruzou os braços, depois os endireitou com nervosismo.

— Então você está se apaixonando por mim, mas não quer que eu te ame? — Ele não tinha ideia do que ela estava tentando dizer ou como responder.

— Você não pode me amar, Logan. Só estou dizendo que não estava transando com você. Eu estava...

Ele ergueu a mão, não querendo ouvir de novo. Sentiu uma centelha de esperança quando ela começou a explicar, e agora estava farto. Semicerrou os olhos e apertou a mandíbula para afastar as esperanças e recuperar a perspectiva. Gostaria de tomá-la em seus braços e beijá-la até que ela percebesse que a centelha que faiscava a cada segundo que estavam juntos, e a luxúria que praticamente transbordava quando eles se beijavam, era real. Mas não faria isso nem se permitiria ter esperança. Estava farto de esperança. Esperança era para perdedores, assim como tinha dito a ela. Era para pessoas fracas que não podiam mudar nada e procuravam algum elemento mágico para colocar as coisas no lugar.

Essa coisa de amor doía pra caramba, e se ele tivesse que ter esperança pelo amor dela, não havia chance de ele se submeter a esse tipo de tortura.

Então por que cada parte dele tinha *esperança* de que ela estivesse dizendo a verdade?

Capítulo dezesseis

— CARA, NÃO SEI o que está acontecendo entre você e a Stella, mas se não for ficar com ela, eu quero uma chance — Jackson disse por cima do ombro de Logan.

Logan segurou o braço de seu irmão mais novo e apertou o músculo. Eles estavam cozinhando espaguete na cozinha da mãe. Ele e Stella mal haviam conversado desde que ela lhe disse que tinha trepado com amor. Depois de uma tarde longa e tensa, e com o prazo da libertação de Kutcher se aproximando, Logan não estava com disposição para uma briga por causa de Stella. Ele olhou para a entrada da sala de estar, onde Stella e Heath estavam conversando com sua mãe.

— Não ouse — Logan alertou.

Jackson levantou as mãos em sinal de rendição.

— Se acalme. O que deu em você?

Logan o soltou.

— Desculpe — resmungou. Ele sabia que Jackson estava apenas brincando, mas entre esperar pelas notícias sobre Kutcher e Stella em dúvida, os nervos de Logan estavam à flor da pele.

Jackson baixou a voz.

— Ei, cara, eu nunca tentaria ficar com a sua garota. Só estava testando as águas.

— Não é uma boa ideia. — Ele andou pelo pequeno cômodo. — Tem muita coisa acontecendo agora com ela.

— Com ela ou com você? — Jackson sustentou seu olhar.

— Com nós dois. — Ele parou de falar quando Stella apareceu na porta.

Seus olhos dispararam entre os dois homens. Ela mexeu na costura da calça jeans.

— Quer ajuda?

— Claro. — Logan deu um olhar a Jackson que ele sabia que seria lido como: *dê o fora daqui.*

Jackson apontou por cima do ombro com o polegar.

— Vou falar com a mamãe.

Stella estava perto o suficiente para que Logan pudesse sentir o cheiro de seu shampoo frutado.

— Sua família é muito legal.

— Obrigado. — Ele se concentrou em mexer o molho de espaguete, ainda tentando descobrir como lidar com as coisas entre eles.

— Você cozinha para sua mãe com frequência?

Logan deu de ombros.

— Nós nos revezamos durante a semana.

— Toda semana?

Ele encontrou o olhar surpreso dela.

— Sim, bem, desde que meu pai...

Seus olhos se encheram de empatia enquanto ela tocava o braço dele.

— Sinto muito, Logan.

Sente muito pelo quê? Por terminar comigo ou pela minha mãe? Ele desejou saber a resposta.

— Sim, bem. — Ele pegou um espaguete da panela e o jogou na boca. Precisava de mais um minuto.

— Sua mãe disse que a polícia desistiu de procurar o cara

que invadiu.

Logan desviou os olhos, lembrando-se da noite em que tirou a vida do agressor de seus pais e percebendo que ela não estava arrependida por ter terminado com ele. Ele não queria falar sobre a morte do pai. Estava tendo problemas suficientes tentando navegar em seu relacionamento.

— Sim.

— Você não está preocupado com ela com ele ainda solto?

Logan não contou a mãe que havia matado o agressor dela, mas ela acreditou no filho quando ele disse que o cara havia sido cuidado. Ele não sabia o que sua mãe pensava que isso significava e não tinha vontade de descobrir. Ela estava segura, e isso era tudo o que importava. Quanto a Stella, ele estava farto de enrolar. Ele não era melhor em fingir suas emoções do que ela, não importava o quanto ela tentasse se fazer de desapegada.

Ele passou a mão em volta da cintura dela, ignorando a forma como o corpo dela ficou tenso contra o dele.

— Não quero falar sobre o meu pai. — Ele sustentou o olhar dela. — Stella, você pode resistir a mim, mas estou aqui e não vou a lugar nenhum.

— Logan. — Ela se virou e abaixou a voz. — Você não precisa de alguém como eu em sua vida. Tem uma ótima família, uma ótima vida e eu tenho o Kutcher.

Ele a virou em seus braços novamente e tocou seu rosto, guiando seus olhos de volta para ele.

— Quero você e sinto que você também me quer, mas está lutando contra isso.

— Não estou.

Ele sorriu com a maneira adorável como ela mentia.

— Você pode se enganar, linda, mas não me engana.

— Você vê o que quer ver — ela rebateu, mas seu corpo

contradizia seu tom. Seus quadris estavam pressionados contra os dele. Ele apoiou as mãos na parte inferior das costas dela e notou o pulso acelerar na base de seu pescoço.

— Gosto do que vejo, mas não vejo como você se sente por mim — ele disse. — Eu sinto.

Ela revirou os olhos, mas Logan se recusou a ser dissuadido. Esse amor era real; apostaria sua vida nisso. Deu um beijo em sua bochecha e sussurrou:

— Você sente isso também, linda, e estarei aqui esperando quando você não puder mais lutar contra isso.

Heath apareceu na porta, e Stella rapidamente se desvencilhou de seus braços com a expressão de adolescente culpada flagrada se agarrando no sofá.

— Desculpe interromper. Só vim pegar os pratos. — Heath alcançou um armário.

Logan gostou de ver Stella se contorcer. Ela estava linda, corada e confusa.

— Obrigado, Heath. — Logan arqueou uma sobrancelha para Stella, que arregalou os olhos como se dissesse: *olha o que você fez.*

Ele escorreu e enxaguou a massa, e tossiu para abafar uma risada.

Assim que Heath saiu, ela sussurrou:

— Pare de me tocar.

— Está bem. — Ele deu de ombros como se não fosse grande coisa e transferiu a massa para uma tigela, depois despejou o molho em outra.

— Estou falando sério — ela retrucou.

— Eu disse *está bem.*

A porta dos fundos se abriu e Cooper entrou.

— Logan, cara. — Ele puxou Logan para um abraço, que

incluiu um forte tapa nas costas, depois focou Stella. — Bem, bem, bem. Quem é essa? — Ele estendeu a mão, ativando seu charme Wild. — Oi. Eu sou Cooper.

— Oi, eu sou St-Stella.

Logan olhou para sua hesitação. Ela quase tinha dito Stormy por hábito, ou foi momentaneamente capturada pelos olhos azuis meia-noite de seu irmão?

Cooper levou a mão dela aos lábios e beijou.

— Deveria me deixar te fotografar algum dia. Você tem traços ótimos.

— Calma, garoto — Logan brincou. — Coop é fotógrafo. Ele e Jackson são donos de um estúdio fotográfico.

— Eu poderia fazer de você uma estrela. — Cooper deu um olhar avaliador no corpo dela, e Logan percebeu seu desconforto.

— Coop — Logan o advertiu.

— Desculpe. Risco profissional. — Cooper olhou de um para o outro. — Então, você está com o Logan?

Logan disse *sim*, ao mesmo tempo em que Stella disse *mais ou menos*.

— Ela está aqui comigo, Coop. — Ele balançou a cabeça, se recusando a ser dissuadido. — Ainda não sei o que "comigo" significa.

— Entendi. Obrigado por cozinhar. Precisa que eu pegue alguma coisa? Garfos? Copos?

— Não, está tudo sob controle. Obrigado.

— Legal. Onde está a mãe? — Cooper seguiu o aceno de Logan em direção à sala de estar.

— Parece que entrei em uma sessão de fotos da revista *GQ* — Stella comentou em voz baixa.

— O Coop é muito bonito — Logan admitiu.

— Ah, por favor. Como se você não soubesse que é ainda mais bonito que ele. — Stella levantou o queixo com o desafio.

— Não importa o que eu penso. É o que você pensa que importa. — Ele entregou a tigela de molho a ela.

— Acho que tenho muita sorte de jantar com quatro homens bonitos, mas é injusto. Quatro irmãos altos, morenos e de olhos azuis, com corpos sarados feitos para lutar? Sério. O que seus pais fizeram, subornaram a polícia do DNA?

Logan riu e pegou a tigela de espaguete. Ele se inclinou e sussurrou:

— Posso passar a imagem que sou feito para lutar, mas você sabe que meu corpo foi feito para amar.

SE STELLA NÃO soubesse que Mary Lou Wild era cega, poderia não ter percebido quando eles chegaram que a mãe de Logan não podia ver. Poucos segundos depois de sua chegada à sala de estar, onde ela estava sentada em uma poltrona reclinável e tricotando, Mary Lou havia deixado as agulhas de tricô de lado e se levantado. Ela olhou diretamente para Logan e abriu os braços. *Querido*, ela disse. Antes que Logan tivesse a chance de apresentar Stella, sua mãe se virou na direção dela e sorriu, como se tivesse sentido a presença dela ao seu lado. Ela estendeu a mão e puxou Stella para um abraço igualmente caloroso, fazendo-a sentir uma dor no peito pela saudade do toque de sua própria mãe.

Stella a observava agora enquanto ela jantava como se não fosse cega. Parecia sentir onde as coisas estavam em seu prato e nunca precisou procurar por seu copo na mesa.

A mãe dobrou o guardanapo e o colocou na mesa ao lado do prato.

— Amor, o jantar estava delicioso.

Stella sentou-se entre Logan e Mary Lou, em frente a seus irmãos, Heath, Cooper e Jackson. Sentar-se em uma mesa de jantar de verdade. com uma família de verdade novamente, derrubou ainda mais suas defesas. O joelho de Logan roçava o seu, e ele passou um braço sobre o encosto da cadeira. Seu corpo implorava para que ela se inclinasse para ele, para ceder ao que os dois queriam, mas a moça ainda estava com medo do que o amanhã traria.

— Você sempre tem que me superar — Coop brincou.

— Isso não é difícil de se conseguir. Você nunca cozinha de verdade. — Logan voltou sua atenção para Stella. — A ideia de Coop de preparar o jantar para a família é trazer comida de algum restaurante em vez de pedir para entregar.

Cooper apontou o garfo para Logan.

— Ei, eu fiz hambúrgueres no verão.

— É verdade. Ele trouxe os hambúrgueres prontos e tudo mais — Heath brincou.

— Olha quem fala — Jackson rebateu. — Semana passada você trouxe lasanha congelada.

— Garotos, chega de brigar. — Cada palavra que Mary Lou falava era carregada de amor por seus filhos e isso fazia com que a saudade de Stella por sua mãe ficasse ainda mais forte. — Sou grata por vocês jantarem comigo. Todos vocês têm carreiras bem-sucedidas e são muito ocupados. — Ela balançou a cabeça. — Stella, você sabia que não há uma noite da semana em que um dos meus meninos não esteja aqui comigo? Nem uma única noite, que Deus os abençoe. Eles pensam que sou uma inválida.

— Não pensamos isso — Logan e Jackson disseram em

uníssono.

— É um prazer, mãe. — Heath estendeu a mão por cima da mesa e tocou a da mãe. — Temos sorte de você arranjar tempo para nós.

— Ah, querido. Por favor. — Ela se inclinou para Stella novamente. — Sou a mãe mais sortuda, eu lhe digo.

Stella sentiu a garganta apertar. O que ela não daria para jantar com a mãe. Apenas uma noite. Talvez agora que Logan tinha descoberto como Kutcher a estava rastreando, ela pudesse ir vê-la sem que o homem soubesse.

Talvez a esperança não fosse uma coisa tão ruim, afinal.

— Bom saber que sua sessão de fotos correu bem hoje — Logan disse.

Stella se perguntou se ele havia percebido sua necessidade de mudar de assunto. Ele esteve de olho nela a noite toda, certificando-se de que ela estava bem. Seria mais fácil ignorar seus sentimentos se ele não fosse tão atencioso e carinhoso.

Caramba.

O que estou fazendo? Não quero ignorar meus sentimentos. Eu quero Logan… sem Kutcher atrás de nós.

— Estamos gravando os teasers para um filme em que o seu amigo Zane Walker vai estar em algumas semanas — Cooper comentou com Logan. — Você deveria vir assistir. Vai ser divertido. Estamos filmando em Sweetwater, perto de sua cabana.

— Sério? Talvez a gente vá — ele respondeu;

A gente?

O sorriso que Logan exibiu mostrou que ele havia usado a gente de forma intencional, e isso fez o coração dela acelerar. Maldito coração. Ela deveria estar mantendo distância, mas era difícil fazer isso perto dele, e estar com sua família tornava tudo ainda mais difícil. Eles eram calorosos e amigáveis, e ela adorava a maneira como eles se provocavam. Sempre desejou irmãos quando era criança. e imaginou que se os tivesse, eles seriam tão unidos quanto a família de Logan. Talvez alguns irmãos mais velhos experientes a tivessem mantido afastada de Kutcher desde o início.

— O Logan disse que você conheceu a Willow — Jackson falou. — Ela te deu seus famosos cupcakes?

— Aqueles com cobertura rosa? — ela perguntou, se lembrando da doce delícia. — Sim, e estavam deliciosos. Ainda bem que não trabalho com ela o tempo todo. Eu pesaria trezentos quilos.

— Você seria a mulher de trezentos quilos mais sexy do mundo — Logan falou.

Ela tocou a coxa dele, percebendo tarde demais que o instinto havia agido antes que ela tivesse a chance de se impedir. A mão dele cobriu a dela e a segurou com força.

— Ele é um paquerador — Mary Lou disse.

— Sim. Ele não sabe quando parar. — Stella tentou dar um olhar sério a Logan, mas sabia que tinha falhado porque era difícil parecer dura perto de um homem que estava olhando como se ela realmente fosse a mulher mais bonita do mundo.

— Ah, meu amor — Mary Lou disse em tom baixo. — Ele não vai parar. Esses meninos não têm nenhum controle sobre seus corações. Nem você, querida. — Ela moveu a cabeça como se estivesse olhando ao redor da mesa para cada um de seus filhos. As sobrancelhas de Heath, Jackson e Cooper estavam franzidas em descrença. Logan estava sorrindo como um gato Cheshire. — Seu coração sabe quem é seu par antes mesmo de você perceber que algo está acontecendo e, quando descobre quem é essa pessoa, você se torna tão poderoso quanto uma pena ao vento. Não há nada que se possa fazer a não ser se deixar levar.

Jackson ironizou.

— Bem, estou indo muito bem sem me deixar levar por nada.

— Claro que você está, Jackson. — Mary Lou virou-se para a voz de Jackson. — Seu coração ainda está solto, mas o de Logan...

— Mãe — Logan alertou.

— Meu filho, não estou contando histórias. Seus corações estão amarrados. Uma mãe sabe dessas coisas.

O queixo de Stella caiu com a franqueza de sua mãe.

Mary Lou deu um tapinha no braço da moça.

— Feche a boca, querida.

Stella ficou encantada com a maneira como Mary Lou percebia coisas que a maioria das pessoas não cegas não notaria.

— Você teve mais problemas com aquele cara no bar? — Heath perguntou.

— Não. Graças ao Logan. — Ela olhou para o referido homem. Nunca pensou em perguntar como ele sabia que o cara a havia arrastado para o beco na outra noite. Ou por que ele estava seguindo-os em primeiro lugar. Parecia que ele havia sido colocado em sua vida quando ela mais precisou dele. Seu anjo da guarda. E ele nunca tentou se afastar dela. Qualquer outro homem já teria ido embora há muito tempo.

Mas não Logan.

Ele fez uma promessa naquela primeira noite de mantê-la segura.

Ele estava comprometido.

Estava apaixonado.

Por mim.

Mary Lou se aproximou de Stella e disse baixinho:

— Ele é um bom homem.

— Mãe, eu não preciso que ninguém faça propaganda de mim — Logan comentou.

— Todos nós precisamos de propaganda de vez em quando, Logan — a mãe disse. — Além disso, não vou contar nada que ela já não saiba.

Ela estava certa, mesmo que Stella estivesse tentando ignorar a maneira como ele a bajulava, verificando se ela precisava de mais vinho ou se queria mais espaguete. Ou a maneira como ele a levou para sua cabana. Até mesmo deixá-la com Willow foi por amor.

Tenho esperança te dar algumas horas para se lembrar como era viver sem ter que ficar olhando por cima do ombro.

— Ouvi dizer que você está trabalhando para o Dylan — Jackson comentou, puxando-a de volta para a conversa.

— Sim, por enquanto.

— Por agora? Você tem esperança de fazer algo diferente? — Jackson olhou para Logan.

Esperança? Não, ela sabia que não devia ter esperança.

— Não sei. Antes de me mudar, trabalhei como designer de interiores. Eu gostava muito.

— Design de interiores? Jackson, ela poderia trabalhar no estúdio como preparadora de cenários, o que acha? Quero dizer, se você quiser parar de trabalhar como bartender — Cooper ofereceu.

Ela olhou para Logan, que deu de ombros e sorriu em aprovação. Ela estava com medo de ficar animada. Eles eram fotógrafos muito conhecidos, o que certamente levaria Kutcher direto a ela.

— Isso é muito legal da sua parte, mas... — *Não tenho*

certeza se terei que deixar a cidade novamente, se vou viver mais uma semana, ou...

Logan passou um braço por cima do ombro dela.

— Obrigado, Coop. Ela está resolvendo algumas coisas agora, mas talvez aceite essa oferta no futuro.

— Design de interiores é algo que sempre me interessou — Mary Lou disse. — Nos conte sobre sua família, Stella. Você tem irmãos?

Stella pensou que havia escapado de perguntas pessoais, já que ninguém havia perguntado até agora. Ela se perguntou se Logan havia contado a todos sobre sua situação, mas aparentemente não. Estava feliz por ele não ter quebrado sua confiança. Logan desviou os olhos para ela e abriu a boca para dizer algo, mas assim que ele começou a responder, seu celular tocou.

— Com licença. — Ele retirou o telefone do bolso e se levantou. Foi até a sala de estar e, um minuto depois, Stella ouviu a porta da frente abrir e fechar.

Seu estômago se apertou.

— Querida, você está emanando uma energia muito nervosa. Você está bem? — Mary Lou perguntou.

Não, não estou bem. Quero correr atrás dele e descobrir se a ligação é sobre Kutcher. Todos os olhos estavam voltados para ela, que se remexia em seu assento.

— Sim, estou.

Um minuto depois, a porta da frente se abriu e Logan entrou na sala de jantar com uma expressão severa e um brilho de determinação nos olhos.

— Sinto muito, mãe, mas temos que ir. — Logan estendeu a mão para Stella.

— O quê? Por quê? — sua mãe perguntou.

— Logan, há algo que possamos? — Heath levantou em um

piscar de olhos, assim como Jackson e Cooper.

Logan já estava se movendo, com uma mão nas costas de Stella, guiando-a para fora da porta, a outra mão firmemente em volta de seu braço. Seus irmãos estavam logo atrás deles.

— Eu revolvo isso. Cuidem de nossa mãe.

Capítulo dezessete

— O QUE ESTÁ acontecendo? — Stella perguntou enquanto ele a ajudava a entrar no carro. — Logan, por favor. Apenas me diga o que está acontecendo.

Ela começou a tremer no minuto em que ele segurou sua mão, e agora a cor havia sumido de seu rosto. A ligação da polícia trouxe as melhores e piores notícias. Ele odiava que ela tivesse que enfrentar Kutcher novamente, mas era a única maneira de garantir que o canalha ficasse atrás das grades pelo maior tempo possível.

Ele subiu no banco do motorista e ligou o carro.

— Temos que ir para Mystic.

— Mystic? — Sua voz falhou.

Ela alcançou a mão dele.

Ela *confiava* nele.

— Kanets falou, então Kutcher está detido. Ele não vai poder sair amanhã, Stella. Eles irão detê-lo e, com um novo julgamento, sua sentença provavelmente será estendida por vários anos.

— Então, por que temos que ir até lá? — Sua voz tremia tanto quanto sua mão.

Ele manteve os olhos na estrada enquanto seguia pela rampa para a movimentada rodovia.

— A única maneira de mantê-lo atrás das grades por tempo

suficiente para fazer a diferença é você identificá-lo como seu agressor no ataque com faca.

Ela afastou a mão da dele e se aproximou da porta do passageiro.

— Não. Não, Logan. Não posso fazer isso. Não *vou* fazer isso.

— Por que, Stella? Você quer se preocupar com ele saindo em três anos? Cinco anos? — Ele estendeu a mão para ela, mas a moça se afastou. — Stella, se ele estiver preso, ele não pode te machucar. Se você não fizer isso, ficará com medo para sempre.

Seus olhos se encheram de lágrimas.

— Não quero vê-lo. Não posso. Logan, eu não posso fazer isso.

— Stella...

— Não. Eu não quero ver... — Soluços estrangulavam sua voz. — Não consigo olhar para ele.

Ele saiu na próxima saída e entrou em um estacionamento.

— Por favor, Logan, não me faça vê-lo. — Ele deu a volta para o lado de Stella no carro, se agachou ao lado dela e puxou-a para seus braços, segurando-a contra si enquanto os soluços sacudiam seu corpo. Ele sabia que estava correndo um risco quando falou com a polícia, entregou o telefone dela e o dispositivo de escuta que encontrou no porta-retratos. Ele sabia que ela odiaria a ideia de identificar Kutcher para a polícia, mas era a única maneira de mantê-la segura.

— Sei que é difícil, Stella, mas você pode colocá-lo atrás das grades por vinte anos. Vinte anos, meu amor. Você pode viver sua vida, ter um futuro sem um nome falso, sem olhar por cima do ombro. Você poderá ver a sua mãe.

Ela apertou as mãos na camisa dele, enterrando o rosto em seu peito.

— Não posso.

Ele apelou para o coração dela em vez da razão.

— Você quer que ele fique livre e talvez machuque outra pessoa?

Ela prendeu a respiração.

— Respire, meu amor. Estou aqui. Respire. Inspire e expire.

Ela soltou o ar e puxou o fôlego.

— É isso. Essa é a minha garota. — Ele acariciou as costas e a cabeça dela, abraçando-a contra si. Respiraria por ela se pudesse. Ele sabia como seria terrível enfrentar Kutcher, mas era o único jeito.

— Eu estarei bem ao seu lado, e ele não poderá te ver quando você o identificar.

— Mas ele vai saber. *Eu* sou a pessoa que ele atacou.

Logan recuou e olhou nos olhos úmidos e inchados dela.

— Baby, ele não pode mais te machucar. Não há mais escutas. Ele não pode mais te incomodar ou encontrar. Ele vai ficar atrás das grades por muito tempo, e você tem o poder de tornar esse tempo ainda maior. Vou estar lá com você.

— Mas eu tenho sido horrível com você.

— Não, baby. Você tem estado com medo. Você é a mulher mais forte que conheço e, mesmo que você não me ame, sempre estarei aqui para te proteger.

Novas lágrimas caíram.

— Mas eu te amo. Te amo mesmo. Estou tão cansada de estar com medo, Logan, e estou apavorada o tempo todo.

— Você não precisa dizer isso, Stormy. — O nome saiu de seus lábios como um carinho. Ela sempre seria sua *Stormy*. — Não diga o que não tem significado para você.

— Logan, eu te amo. Deus, você sabe que amo. Eu me apaixonei por você na noite em que nos conhecemos, mas estou com medo. Com medo de te perder. De ser atacada. Com medo de arruinar sua vida por causa de Kutcher.

Ele a puxou para perto novamente, absorvendo suas palavras.

— Sei que está, mas estou aqui e não vou a lugar nenhum. Você nunca mais estará sozinha novamente. — Ele sentiu os dedos dela apertando sua pele enquanto ela cerrava as mãos na parte de trás de sua camisa, e soube que ela estava se preparando para alguma coisa.

— Logan? — Ela olhou diretamente em seus olhos.

— Sim, linda?

— Eu vou fazer isso. O Kutcher já tirou o suficiente da minha vida. Não estou disposto a deixá-lo tirar você de mim também.

Capítulo dezoito

Já fazia muito tempo que Stella vivia sem sentir medo e, às três horas da manhã, depois de apresentar a denúncia e identificar Kutcher como seu agressor, ela deu o que parecia ser sua primeira respiração verdadeira em seis meses. Um brilho nebuloso cercava a lua no céu sem estrelas, mal iluminando o estacionamento do hotel Mystic. Stella havia passado seis meses sintonizada com o seu entorno. Seis longos meses esperando ser atacado, dormindo com um olho e um ouvido abertos.

Passou quase o mesmo tempo fazendo tudo o que podia para se afastar de qualquer coisa que pudesse ser relacionada à sua mãe. Agora, graças ao homem que estava abrindo a porta do passageiro e estendendo a mão para ela, o homem que disse que cuidaria dela desde o momento em que a resgatou do cara no beco e provou isso a cada minuto desde então, veria a mãe em poucas horas.

Ela segurou a mão de Logan e entrou silenciosamente no elegante e bem iluminado saguão do hotel. A recepcionista sorriu para eles, seus olhos se demorando em Logan com apreciação e interesse. Ele passou um braço sobre o ombro de Stella e beijou sua têmpora.

— Gostaríamos da sua melhor suíte, por favor — Logan falou.

— Sim, senhor, e o nome? — A linda loira pestanejou de

forma sedutora.

Stella olhou nos olhos de Logan, ergueu o queixo e, pela primeira vez em muito tempo, orgulhosamente deu seu nome.

— Krane. Stella Krane.

A suíte era enorme, decorada em tons quentes e vista para o porto. Stella ficou parada na varanda, pensando em como sua vida havia mudado desde que Logan entrou nela e antecipando ver sua mãe amanhã. Desejou que pudessem ter feito a viagem de dez minutos esta noite, mas a mulher mais velha se assustaria se alguém batesse em sua porta tão tarde. Além disso, tinha certeza de que parecia tão cansada quanto se sentia.

Sentiu os braços de Logan envolveram sua cintura por trás. Ele pressionou a bochecha na dela, e Stella se aconchegou contra seu peito.

— Não é lindo? — ela sussurrou.

— Sim. Você é.

Ela estendeu a mão e tocou a bochecha barbuda, em seguida se virou em seus braços. Seus olhos eram calorosos, seu abraço forte, e ela sabia que estava exatamente onde deveria estar, mas agora que sabia que Kutcher provavelmente ficaria fora de cena por muitos anos, se permitiu querer, sonhar e ter esperança.

— Eu quero te conhecer melhor, Logan.

— Linda, você me conhece muito bem. Você até conheceu minha família. — Ele beijou sua testa.

— Quero conhecer tudo sobre você. Quero saber por que não me respondeu quando perguntei se estava com medo por sua mãe, sabendo que o assassino de seu pai ainda está solto.

— Isso é muita coisa para me conhecer. — Logan sorriu, mas não era um sorriso tenso. Ele parecia bem com o pedido dela. — Você pode não gostar do que vai ouvir.

— Um homem muito sábio me disse que não poderíamos

apagar o passado. Você aceitou o meu sem questionar. Seu amor e confiança em mim nunca vacilaram. Quero que saiba que, seja lá o que tenha acontecido no seu passado, eu aceito. Também quero fazer parte do seu futuro.

— Você pode mudar de ideia.

— Não. Eu confio em você. Não importa o que me diga, sei que tudo o que aconteceu no seu passado tinha que acontecer. Porque você sentiu que era a coisa certa a fazer no momento, não importa o que tenha sido.

Ele tocou a testa na dela e sussurrou:

— Espero que você esteja falando sério.

— Com todo meu coração. — Ela ficou na ponta dos pés, enlaçou os braços em volta do pescoço dele e o beijou. — Faça amor comigo. Preciso de você.

— Stella. — Um apelo. — Eu te quero mais do que quero respirar, mas se eu fizer amor com você, *depois* te contar sobre meu passado e você decidir ir embora… — Ele desviou o olhar por um instante, seus olhos cheios de preocupação. — Pensei que tinha te perdido para sempre na noite passada. Não posso passar por isso de novo.

Ele segurou a mão dela e a levou para o sofá.

— Eu não vou embora. — Ela não podia imaginar estar mais apaixonada por qualquer outro homem, mas depois do jeito que ela vacilou e o que os fez passar, ela entendia sua hesitação. — Sei que te magoei e me magoei também. Você não tem motivos para confiar em minha palavra, Logan. Mas não vou a lugar nenhum.

— Confio na sua palavra. Mas o que você pensa de mim agora pode mudar, não importa o quanto suas intenções sejam boas. — Ele tocou a bochecha dela, e o lado de sua boca se curvou em um sorriso doloroso.

Ele começou a contar a ela sobre seu tempo com os SEALs, o número de pessoas que matou e como se sentiu quando olhou nos olhos dos inimigos e os derrubá-los. Falou com veemência e paixão, parando várias vezes para organizar seus pensamentos ou criar coragem, ela não tinha certeza de qual. Até que ele ficou sentado em silêncio por um longo tempo, olhando para suas mãos entrelaçadas.

— Você ainda está comigo? — ele perguntou timidamente.

Ela se aproximou mais dele, com as coxas pressionadas uma contra a outra, quadris se tocando.

— Mais do que nunca.

Ele assentiu, como se isso o agradasse, embora sua expressão facial permanecesse séria.

— O que a minha mãe te disse era verdade. A polícia parou de procurar o homem que a cegou e matou meu pai. — Ele pressionou o indicador e o polegar contra os olhos.

— Você não precisa continuar.

Ele assentiu.

— Sim. Sim, eu preciso. Se você acha que quer construir uma vida comigo, precisa saber.

O tormento em sua voz quase a matou.

— Tudo bem — ela sussurrou.

— Eu estava em uma missão quando meus pais foram atacados. Nunca vou me perdoar por não estar aqui. Sei que poderia não estar por perto para salvá-los, mas essa culpa nunca vai embora... você precisa entender isso. Sempre será uma parte de mim, me guiando em tudo o que faço.

— Certo.

Ele assentiu novamente, franzindo a testa.

— Conduzi minha própria investigação e encontrei pistas que a polícia perdeu, mas eles me descartaram. Não os culpo.

Eu estava fora de controle, Stella. Não era o homem que sou agora. Perdi a cabeça quando meu pai morreu e minha mãe... — Seus olhos se encheram de lágrimas e ele se virou. — Quando minha mãe...

— Logan.

Ele cerrou as mãos.

— Invadi a delegacia, exigindo nem sei o quê. Justiça, acho. Eles me viam como um filho enlouquecido, transtornado, fora de si.

Ele olhou para a frente.

— Cuidei disso sozinho. Conversei com todo mundo que pude, ia a lojas de penhores até o anel da família do meu pai aparecer. Era uma antiguidade, valia apenas algumas centenas de dólares. Um desperdício de vida. Rastreei o cara que o vendeu e fui à polícia, mas disseram que não havia provas suficientes. Minha mãe não conseguiu identificá-lo.

— Ah, Logan.

— Passei a segui-lo. Caras assim têm um *modus operandis* e não mudam muito. Eu o peguei vigiando uma casa, voltei a polícia, mas me ignoraram, então... — Ele balançou a cabeça. — Uma noite, enquanto eu o seguia, ele invadiu uma casa. Mãe solo, filho de dois anos. — Ele cerrou os dentes. — Chamei a polícia e esperei. Eu esperei, Stella. Esperei... Ele desviou o olhar novamente com os olhos cheios de dor.

Uma dor de mau presságio se agarrou a ela.

— Logan, você não precisa me contar o resto.

— Preciso. Quando entrei, ele estava com uma faca na garganta da mulher. Ela olhou diretamente para mim. Chorando, me implorando para ajudá-la. O filho dela estava gritando em outro quarto, e eu não pensei. Apenas reagi.

Stella prendeu a respiração, lutando para manter o foco em

torno da óbvia dor e culpa que atingiam Logan.

— Quando eu o afastei dela, ele cortou o pescoço da moça. — A voz de Logan falhou. — Ele tinha uma arma na cintura.

Ela se lembrou da trilha branca que descia por seu corpo até uma cicatriz em seu estômago.

— Suas cicatrizes.

— Faca, bala. Não senti nenhum dos dois. Ouvi aquele bebê chorando, vi a mulher sangrando e ataquei. Desliguei todos os sentidos e apenas… — Logan fechou os olhos e a boca. Ele pressionou as duas mãos nos laterais da cabeça, como se pudesse espremer a memória dali.

— Eu matei o desgraçado. Não sei se a polícia veio por causa do meu telefonema ou se os vizinhos ouviram o ataque. Mas me arrancaram de cima do corpo sem vida dele.

— A mulher?

Ele assentiu.

— Ela precisou de trinta pontos, mas sobreviveu. Se mudou logo depois disso. Eu o matei, Stella.

— Você foi esfaqueado e baleado. — Ele salvou os dois, mesmo com ferimentos que poderiam ser fatais. Pensamentos passaram por sua mente, mas ela estava muito atordoada para falar. *Comprometido. Forte. Logan.*

— Eu matei o desgraçado, e encontraram isso na carteira dele. — Ele pegou a carteira e mostrou a ela o crachá de identidade do pai da fábrica onde trabalhava.

— E a sua mãe?

— Ela não sabe que eu o matei. Ela apenas sabe que está segura. — Logan esfregou a mão pelo rosto. Quando ergueu os olhos para ela, uma lágrima escorria pela bochecha de Stella. Ele estendeu a mão e limpou com o polegar. — Sinto muito, linda. É demais. É por isso que eu queria te contar antes de acabarmos juntos na cama.

Ela pressionou a mão dele em sua bochecha.

— Não, Logan. Não é demais. Acho que te amo mais do que antes de você me contar.

Naquela noite, quando seus corpos se uniram, seu amor pareceu novo e diferente. Ela viu uma ternura comovente no olhar de Logan enquanto ele a observava, a amava, suas mãos percorrendo o corpo dela, como se ele a estivesse memorizando por completo. Seu toque fez o corpo de Stella ansiar por mais. Ela estava extremamente consciente de sua virilidade e sensualidade. A intensidade foi substituída por uma paixão suave, e palavras como *trepar* foram apagadas de sua mente por pensamentos mais calorosos e amorosos.

— Quero cuidar de você, te adorar. Quero provar cada centímetro de sua pele macia — ele sussurrou enquanto estudava as curvas do corpo dela.

Seu olhar apreciativo percorreu por ela, seguido por sua boca, língua e dedos talentosos. Ele se moveu, gentilmente acomodando suas curvas sob seu corpo firme e musculosa e, *finalmente*, a penetrou. Seus corpos se moviam em perfeita harmonia, aumentando as chamas que queimavam dentro de Stella, aprofundando e intensificando o amor deles. Ele a preencheu completamente com cada palavra amorosa, cada beijo apaixonado, cada investida de seus quadris poderosos, destruindo o último resquício de controle e os levando a um mar de puro prazer explosivo.

Capítulo dezenove

LOGAN AJUDOU STELLA a sair do carro. Ela mal tinha dito duas palavras durante a viagem do hotel para a casa da mãe. Uma profunda preocupação havia se formado entre suas sobrancelhas quando eles saíram do hotel, e esteve lá desde então. Ela segurava a mão dele com força.

— O que há de errado?

— Eu... — Ela virou os olhos preocupados para ele. — Tem certeza de que o Kutcher não vai sair?

Logan sabia que esse medo a acompanharia por muito tempo.

— Sim. Ele terá que passar pelo processo legal para ter a condenação, mas isso já está garantido. Ele vai ficar muito tempo atrás das grades. Você deu uma identificação positiva sobre Kutcher. A polícia vai pegar o depoimento do vizinho que interrompeu o ataque, para conseguir uma identificação dele também. A promotoria já têm as evidências físicas de que precisam para condená-lo. As amostras de DNA da sua ida ao hospital depois que ele te esfaqueou estão anexadas ao processo. Ele está acabado, linda, e estarei com você a cada passo do caminho.

Eles haviam falado sobre aquilo uma dúzia de vezes naquela manhã, e Logan estava pronto para tranquilizá-la quantas vezes mais fosse necessário. Estava cem por cento comprometido.

Stella respirou fundo enquanto esperavam que a mãe atendesse a porta. Eles ouviram o som de passos e uma voz semelhante à de Stella perguntou através da porta fechada:

— Quem é?

Os olhos de Stella se encheram de lágrimas.

— Sou eu, mãe. É a Stella.

Eles ouviram dois trincos sendo destrancado e a porta se abriu até onde a corrente permitia. Um par de olhos verdes cansados olhou para eles, se enchendo de lágrimas instantaneamente enquanto saltavam entre Stella e Logan.

— Sou eu mesma, mãe. Está tudo bem. É seguro.

Um momento depois, Stella foi envolvida nos braços da mãe, as duas chorando, e o coração de Logan parecia ter dobrado de tamanho. Ele se afastou para dar-lhes privacidade. Ainda nos braços da mãe, Stella puxou a camisa dele.

— Fique.

Ele ficou.

Ele sempre ficaria.

O câncer da mãe dela estava em remissão. Seu cabelo havia começado a crescer e, embora ela parecesse magra e cansada, quando eles partiram, várias horas depois, tanto Stella quanto a mãe pareciam ter recebido uma nova vida. Os passos de Stella pareciam mais vívidos e Logan jurava que os olhos da moça estavam mais brilhantes do que nunca.

Stella ficou parada ao lado do carro, olhando para a casa da mãe por um longo tempo. Quando ela estava pronta para ir, Logan abriu a porta do carro.

Ela passou os braços em volta da cintura dele e pressionou o rosto contra o peito dele.

— Obrigada por tudo, Logan. Você já fez demais por mim, mas há outra coisa que eu gostaria que você fizesse.

— Qualquer coisa, amor. Você sabe disso.

— Não podemos escapar de nossos passados, mas podemos nos livrar deles e deixá-los para trás.

— É isso que estamos fazendo.

— Não — ela disse. — É isso o que *eu* estou fazendo. Agora é a sua vez. Gostaria que você fosse honesto com sua mãe, que contasse a ela o que aconteceu para que você possa deixar esse fardo para trás.

Um calafrio o percorreu com a perspectiva. Logan balançou a cabeça.

— Não quero que a minha mãe pense em mim como um assassino de sangue frio. Isso é diferente.

— O que você fez não foi a sangue frio, Logan. Você salvou aquela mulher e seu filho. Você provavelmente salvou muitas mulheres naquela noite. Sua mãe ficará orgulhosa de você. Ela merece saber tanto quanto você merece se livrar da culpa que carrega há tanto tempo. Eu te amo, mas não consigo ver como podemos seguir em frente com essa corda pendurada no seu pescoço.

Logan havia pensando em contar para sua mãe um milhão de vezes, e o pensamento quase o sufocava. Uma coisa era lidar com uma missão para seu país. Ele podia se desconectar das emoções quando estava cumprindo o dever de proteger seu país, mas isso... Isso era sua missão pessoal. Ninguém o contratou para fazer isso. Tudo o que ele podia imaginar era sua mãe pensando nele matando aquele homem com as próprias mãos.

— Por favor? — Stella se aproximou. — Por nós? Pelo menos pense nisso?

Apenas aquele olhar penetrante e cheio de amor foi suficiente para que ele caísse em seu feitiço, assim como tinha sido desde o dia em que a conheceu. Ele daria a vida por Stella se fosse preciso. Mas isso. Isso era a coisa mais difícil que já haviam lhe pedido para fazer. E por Stella, ele faria qualquer coisa.

Ganhar a confiança e o amor de Stella o mudou. Ela se tornou *sua*, e ele era seu desde o momento em que a seguiu até aquele beco e a resgatou.

Ele só não sabia que precisava ser resgatado também.

Novo na série *Love in Bloom*?

Bilionários Irresistíveis – Irmãos Wild é apenas uma das séries da coleção de romances da grande família *Love in Bloom*. Cada livro *Love in Bloom* é escrito para ser apreciado como um romance independente ou como parte de uma série maior. As histórias têm final e não deixam pontas soltas. Os personagens de cada série aparecem em livros futuros, para que você nunca perca um noivado, casamento ou nascimento.

Se você também lê em inglês, pode gostar das outras histórias de *Love in Bloom*, de Melissa.

Veja toda a coleção *Love in Bloom*
www.MelissaFoster.com/love-bloom-series

Baixe os primeiros e-books gratuitos da série
www.MelissaFoster.com/free-ebooks

Faça o download do checklist da série, árvores genealógicas e cronogramas de publicação
www.MelissaFoster.com/reader-goodies

Conheça Melissa

www.MelissaFoster.com

Melissa Foster é uma autora premiada e best-seller do *New York Times*, *Wall Street Journal* e *USA Today*. Seus livros foram recomendados pelo blog literário do *USA Today*, pela revista *Hagerstown*, no *The Patriot* e vários outros veículos impressos. Melissa pintou e doou vários murais para o *Hospital for Sick Children*, em Washington, DC.

Visite o site de Melissa ou converse com ela nas redes sociais. Ela gosta de conversar sobre seus livros em clubes do livro e grupos de leitores, e é grata pelos convites para eventos. Os livros de Melissa estão disponíveis na maioria dos varejistas on-line em formato físico e digital.

Melissa também escreve romance fofo com o pseudônimo Addison Cole.

www.ingramcontent.com/pod-product-compliance
Lightning Source LLC
Chambersburg PA
CBHW021146190726
48288CB00008B/2841